U0119629

現代詩讀本

顧蕙倩、陳謙 編著

五南圖書出版公司 印行

推薦序1

現代詩讀本

詩人陳謙和顧蕙倩都是優秀的青年詩人，且均爲文學博士，既具寫作實務經驗，也具學術涵詠，且在文學教學領域都是頗受歡迎的名師，他們合作編寫的《現代詩讀本》，因而能夠掌握臺灣現代詩的發展脈絡，通過詩作佳篇的編選，呈現現代詩與歌的異與同、形體與神魂之間的微妙關係；而導讀則能鉤勒所詩作的體要與神髓，指點佳篇的精粹與優劣。無論作爲現代詩歌創作的入門，或作爲教學之用，都能呈現現代詩歌的多樣風華，導引現代詩創作與鑑賞的門徑。

本書分爲「浪漫感悟」、「時間召喚」、「地景徵象」、「敘事寫實」和「詩歌人聲」等五卷，兩位編者的編輯策略，應該是以現代詩入門爲取徑，因此五卷分別指向抒情、感懷、地誌、敘事和詠歌等五個現代詩書寫較爲普遍的範疇，也較爲貼近日常生活的題材。不同的詩人在不同的文本中各有勝場，表現手法和語言使用也都各有特色，整體看來，就如一座百花齊放的現代詩歌花園，容得讀者優游其中，既可觀賞現代詩歌的繁花勝景，也能通過導讀，於迷津之中發現渡口，綜覽現代詩歌的「優詩美地」。

陳謙和顧蕙倩的導讀，在五卷之前均各附導言，可以讓讀者了解五卷選詩的脈絡；單篇詩作則出以賞析導讀，有助於讀者了解詩作的創作理路和寫作技法。這對現代詩歌的推廣和教學，無疑也有長遠的助益，我很高興看到這本《現代詩讀本》的出版。

向陽

2017. 2. 14

推薦序2

現代詩的異光譜

從二零一五年底開始，以大陸詩界為核心擴及到海外華語圈，便在忙「新詩百年」的慶祝活動、詩選、學術會議或朗誦會，甚至二零一六秋冬一些掛上兩岸、國際詩歌節的活動，必得配合二零一七央視的春晚藝文項目，錄影一些詩歌朗誦的正能量畫面。

反觀臺灣、港澳好像對一百年前胡適出版《嘗試集》，以此為華語新詩滿百年的里程碑，有點冷處理。臺灣不論中央到北中南重大詩歌活動，鮮少有人提及二零一六年是華語新詩一百歲！倒是三年前個人詩集的出版熱潮沒退燒，博客來網路書店回顧二零一六年書市，臺灣詩人版圖在銷售面上出現M型現象，現代詩集銷量激突，引發出版界的議論跟驚喜。也許二零二三年是謝南光（筆名追風）發表〈詩的模仿〉滿百年，臺灣這邊的詩歌活動才會熱鬧一點吧。

不管胡適還是追風，在百年前擺脫兩三千年傳統的詩文法，嘗試寫出漢語的新語彙、模仿西方的詩格律，藉以從對仗、押韻解放出當代的詩句，這都是膽大的實驗。近期九歌請出張默、蕭蕭重新編匯《新詩三百首百年新編（1917～2017）》，可能侷限在詩三百的條件，不若大陸分開主題、世代、地域，出版了許多厚重的詩選。直到陳謙跟顧蕙倩合編的《現代詩讀本》，我看了編選的目次跟詩稿，感覺稍稍填補了臺灣在主題詩選上的缺漏。

缺漏的是什麼呢？以浪漫感悟、時間召喚、地景徵象、敘事寫實、詩歌人聲共分五輯，較之一般編年體、地方文化局主張在地的選法不同。特別的是，因爲有上述五項鎖定而形塑此詩選的獨特，有幾位詩人符合此五主軸，故詩作大量被選入。比如，顧蕙倩和陳謙曾經評論過羅任玲、白萩、李魁賢、向陽，自然對他們的詩作風格與書寫方向有更多了解，因此羅任玲有兩首收入在「時間召喚」卷、一首收入在「地景徵象」卷、有兩首收入在「時間召喚」卷；向陽有兩首分別收入在「敘事寫實」跟「詩歌人聲」兩卷；白萩有兩首收入在「浪漫感悟」和一首在「敘事寫實」卷；其餘如白靈兩首、鴻鴻兩首、陳謙四首、顧蕙倩九首被收入，整本詩選共選入四十首詩，作者卻不到二十人。這也是其他詩選極少見的編選意識，但是我認爲這樣的詩選較能展現出選入詩人的詩風。

坊間上的詩選大多提供一人一兩首，有些老詩人長年來重複著那幾首接受度最高的詩作，難怪余光中、鄭愁予、席慕蓉、夏宇抱怨，編選者只餵那些名詩給不同世代跟年齡層的讀者一樣的詩，再厲害的詩人呈現出來的樣貌，也就如此抒情、前衛、鄉土、新古典一次次標籤貼上去，看不出一位詩人的多面向與所關懷的命題。

所以這樣的詩選是好的。我贊同兩位編者因學術研究的閱讀經驗，提供了詩選的一面鏡子，在慶祝新詩百年一片熱鬧繽紛，折射出異樣的讀詩光譜。

顏艾琳

2017.2.4

推薦序3

那些城市裡未聽完的詩

身爲一位和語創系有所淵源的音樂人，卻沒有在第一時間驚覺兩者相融的可能性，直到與顧蕙倩老師在一次詩譜曲比賽中結識，她提議將其詩作譜曲，完成第一張專輯《逆思》後，才發現詩本身就存在旋律、節奏、和聲——這些音樂三要素，其實早在詩經時期，兩者便已同生，卻在民歌時代末期與李宗盛流行歌時代的交界處，悄悄地被分割，在經過數十年的分化發展後，詩漸漸傾向學術性，而音樂漸漸變得口語大衆，我們才發覺，詩與歌詞之分，實爲清楚明白，早已是兩個不同世界。

雖說如此，依然有許多主流音樂人願意將詩視爲創作上的新玩具，像是黃韻玲老師和向陽老師共同合作的〈大雪〉和〈草根〉；陳珊妮老師和駱以軍老師合作的〈漫天紛飛的銀杏森林〉，都可見詩樂跨界的蹤影，卻可惜多顧及市場問題，多半只能蜻蜓點水的淺嚐即止；獨立樂團部分倒是可以很大膽地梭哈，如小老鷹樂團在2016年與臺灣衆多經典詩人：白萩、路寒袖、林沈默、羅智成、陳黎、顏艾琳、葉莎、陳謙、顧蕙倩，及新生代小詩人吳育如共同合作，完成大型詩樂跨界展演「城市裡未完成的詩」；當然，獨立音樂人中也有許多詩人血脈的歌手，如吳志寧與詩人歌手李德筠，都讓詩樂再次熱鬧起來。

本書將分成幾個層次來認識詩：浪漫感悟、時間召喚、地景徵象、敘事寫實、詩歌人聲，相信必是接觸詩很好的方向與開始，我們的創意若能立基在如此堅固的基礎之上，相信可以讓詩與樂的創作作品更加百花齊放。

陳小寶
2017.2.8

現代詩寫作策略與思考

寫在前面

現代詩因為形式簡從，在寫作上看似容易，但在作品完成後，卻問題重重。歸納現代詩寫作之困擾，始自現代詩長久以來遭到誤解，乃至詩與歌詞分野不明，加上教授現代詩的教師觀念亦多待改善，現代詩在發展過程中一度令語言掉入晦澀的深淵，雖在一九七○年代破土重出，無奈大衆已經遠離現代詩。

當我們從來不曾正視文字明朗的重要性，而一味追趕所謂十大詩人亦為其病。如此「美麗的錯誤」就成為現代詩與生俱來的宿命，導致今日詩學教育上的嚴重匱乏。現代詩在修辭策略與形式上的仿效之前，可從觀念上的釐清入手，惟有觀念上先行釐清，明白「意象」為何物？詩的輪廓才能漸漸清晰。

一、先談「席慕蓉現象」

爲了達成教育部課綱的要求，國高中國文課本出現極少數的詩作家與文本，姑且先不論這些文本代表性如何，但就比例上而言，已與其他文類在數量上極為懸殊，甚且達到聊勝於無的狀態了。[1]

根據多次課堂報告上的訊息得知，報告對象分據一、二名的分別是席慕蓉與鄭愁予，而在性別的屬性上，前者多為女性，後者則多為男性。在選本上前者以《無怨的青春》、《七里香》為多，後者則多半集中在《鄭愁予詩選Ｉ》。席慕蓉的作品以一位當年四十歲的詩人寫出十七八歲少女詩般的情懷，在文壇已得到許多指正的意見，此不贅述，[2]但批評歸批評，席詩目前仍以每年一至二刷，也就是一、二千本的紀錄持續它對青年男女思想上的攻城掠地，可見青年讀者對此需求需要受到滿足。鄭愁予的作品輕快而流暢，自是看似入門極佳的小品。

問題是，席慕蓉或鄭愁予的作品，作為喜愛讀詩進而寫詩的入門之作，將有什麼影響呢？

詩的內容之「輕薄」曾被余光中戲稱為大一女生的讀物，詩在形式上看來短小，可謂輕薄短小。任何文學藝術不外內容以及形式，詩在先天上形式短小，倘若再加上內容上的膚淺，那華文新詩自胡適《嘗試集》以來，近百年的努力，可都該付諸流水。文學的大花園裡花草殊異，各自成趣，理應天成，但若成為唯一的價值，那就是教學上最大的戕害了。

筆者從事文學創作二十餘年，創作文類及於詩、小說、散文與劇

---

1 以目前高中六冊國文讀本「康熹文化事業有限公司」版本為例，第一冊新詩選林亨泰、夏宇，第二冊新詩選徐志摩、林徽音，第三冊新詩選席慕蓉、李魁賢，第四冊新詩選鄭愁予、余光中，第五冊新詩選周夢蝶、蘇紹連，第六冊新詩選向陽、陳黎。不論哪一家出版社選本，均約定俗成的在每冊約十五六課的課文中，只選擇一至二課課文。

2 最具指標性的「指教」文章如渡也直言：席詩是有糖衣的苦藥。指教內容包括主題貧乏、矯情造作、思想膚淺……等七項。參見：渡也《新詩補給站》（臺北：三民，1995），頁23-39。

本，深切知悉文類之間在創作上的異同，茲以表格試述如下：

表一　文類的分野與其核心價值

文體	分類	核心價值	修辭技巧／表現形式
詩	分行詩 圖像詩 散文詩	意象	隱喻（空隙）、明喻（比喻）
散文	抒情 知性（議論雜文）	描繪、敘述	語言性格反映人物個性，手法多為順敘、倒敘、插敘
小說	長、中、短篇	故事（情結、事件）	經驗的立體化（主、客觀經驗）
劇本	舞臺劇 影視劇本	衝突	著重視覺的繪畫性，「戲」的可演出性

資料來源：2016《臺灣詩人紀實書寫的文本實踐》，陳謙著，頁177。

篇幅關係，其他文類核心價值此不贅述，光就詩的核心價值來說，已經令很多教師不知意象爲何？意象可分內容與形式兩端，把意見置入外在的形象就是意象最根本的解釋。無奈多數教師仍不知其所以然，在教學上便產生誤導的作用，且當今流行歌詞充斥市面，就形式上來看，很多學生把歌詞誤解成新詩，[3]更多教師把新詩課程當成「詩歌」來開，造成更大的混淆，殊不知詩是詩歌是歌，驢是驢馬是馬，馬不會是驢，驢也不會是馬。在個人實際經驗當中，尤其以通識課程學生最容易誤選課程。詩與歌

[3] 這從筆者所評選的多校學生文學獎作品上就可得知，把新詞當歌詞寫的作品經常達到二分之一強，碰到這類作品，內容情感再多的發揮，都是徒然，只有刷掉一途。

詞分野清楚，以下以圖表簡述：

表二　概念的釐清（詩與詞）

	詩	詞
文字特色	意象（用情景來影射感情），文字具體	露骨（概念性與說明性），文字抽象
繪畫性	強	次之
音樂性	次之	強
語言技巧	較迂迴	較明朗

資料來源：2016《臺灣詩人紀實書寫的文本實踐》，陳謙著，頁178。

歌詞由於有音樂帶動情緒，經常使用較爲抽象的文字，方不至令演唱者在字彙上多所停留，且概念性文字感染力度較高，是其特性。但新詩著重視覺性，追求直覺的形象思維，文字要透過形象進一步思考，與歌詞要的音樂性可說南轅北轍。釐清詩與歌詞的分際，則可令人了解新詩究竟特徵何在？在白靈所言，臺灣這個號稱年產值上萬首新詩的國度，其實誤用歌詞成爲僞詩的狀況隨處可見，讀者在缺乏文學守門員的部落格文化衝擊下，把詩寫成歌詞只會越來越多，新詩也只得仰賴大學以及民間社團的課程教學加以補救。問題是現代詩的教學師資也應當取法乎上，正本清源。現代詩一向被視爲難懂晦澀，這本是一小撮人賴以自瀆的宣泄工具，本應排除在外，但所謂詩壇吹捧之風至今不稍歇，在壞詩、僞詩充斥的文本當中，我們看不到教學觀念的正向傳達，只看到令現代詩教學敗壞的文本不段衍生，怎不令人煩憂？

二、明朗文字傳達之必要

無論中外，詩一直都是各民族間最先出現的文學體裁，從語言到文字的演化過程中，文學作家剪裁語言化作文字，本身已具備去蕪存菁的精簡特質。然而這種簡化的文字著重於語言情態的描述，且擇取意象來架構其與象徵之間合理的位置，藉意象以觸類旁通，其實內裡的線索非但不曖昧，透過意象更能緊密的連結意義與形象。這種非說明性、非概念式的詞彙，其實更具深層的感染力，其感動的文字肌理中，首要傳達的要素，當然是文字的明朗。

現代詩背離讀者是出版市場上的事實，由出版家對現代詩這種敬而遠之的態度可以知悉。[4]讀者之所以背離現代詩也非無跡可循，你只要看看我們的前輩詩人們如何糟蹋現代詩，就可以理解。我們同情他們因身處語言戒嚴的年代而甘作噤聲蟲，但如果他們把文字發表，作品一旦成爲社會公器的同時，此種行爲不但不該，甚且不該原諒。[5]

在談明朗之前，有一種其實也非常明朗，但卻接近於遊戲。詩或文學本身具備一種純正嚴肅的性格，遊戲詩作終究只是一種過渡文類，在遊戲詩作中，又以圖像詩玩得最凶，讀者必須有所醒覺才是。因爲遊戲詩多爲知名詩人的餘興之作，或多爲一些江郎才盡的詩人們，因生發不出內容

4 詩集被喻為市場的票房毒藥，已是不爭的事實。所謂敬而遠之，是指坊間文學出版人不是不懂詩，而是不敢出詩集，就算要出，也採取指標性的出版策略，以寶瓶文化為例，出版李進文詩集，出版嚴忠政詩集，根據上述兩位作者的說法，皆為該公司「一年一詩集」的潛規則，用以彰顯品牌。

5 相關論述請參見筆者論文集《臺灣現代詩的政治書寫》（宜蘭：佛光大學，2010）。但在這些詩人群落之中，也有特例，也有人本著良知良能進行創作，請讀者蒐尋：商禽〈逃亡的天空〉。

豐厚的文本而藉言的「創意」之作，在後現代的旗幟指導下，玩出來的作品，內裡若還隱藏一種戲謔與哀愁，才算得上是圖像詩少數兼具意義的好作品。

但明朗的眞正特質，不但是要言之有物，意象清晰，還要可感。在中國古典詩理論當中，情景交融之「景非滯景，景總含情」[6]指導原則下，意與象熔爲一爐，才是詩的明確入門方法。詩必須令同學明白其表現性大於說明性，除了情景交融的「場景」之外，「動作」也是連貫情節與人物最好的利器。詩也經常不是「比方說」的像，這時直喻如何自然而不著痕跡，確實也得仰賴明朗這項看似笨拙，卻最爲有效的功夫。

三、「在偉大傳統裡，創造新的詩意表現手法」

2016年備受注目的諾貝爾文學獎由美國創作歌手巴布狄倫（Bob Dylan）獲獎，得獎理由爲：「在美國歌曲的偉大傳統裡，創造新的詩意表現手法。」（for having created new poetic expressions within the great American song tradition.）詩意的表現爲何？歌詞中有「詩意」，可見詩仍爲其評斷上核心之價值，得獎評語一出現，便有人說：爲什麼不直接寫詩就好？個人以爲，文學尋求的是感動，形式重要但還需居於其次順位，就此現象來說，巴布狄倫以其較詩更爲普及的歌曲形式，向全世界的閱聽人展示文本，其影響力確實有目共睹。

閱讀新詩創作與推廣，從眾多文本範例中如何選擇出有助文學教育推廣的文本？我想到了巴布狄倫的努力，他努力在建立自己的價值——惟有

6 王夫之評價謝靈運詩歌中的優秀之作說：「情不虛情，情皆可景。景非滯景，景總含情」（《古詩選評》卷五）。

從自己的價值建立起，才有個人的獨特性，並不爲市聲所淹沒。因此，情采的表現與意象的併陳，仍是我觀看作品時不免的偏見，而能不能推陳出新，建立個人風格與特殊性，則是我閱讀同時的進一步奢求。

本書輯入的新詩文本，共分「浪漫感悟」、「時間召喚」、「地景徵象」、「敘事寫實」、「詩歌人生」等五輯，雖因教學之便分門別類，實則一如晶亮無類的鑽石般，經由各個角度切入，用以觀察人情信美的輝光。本書詩人陳謙及文學博士暨新科金鐘獎得主顧蕙倩編撰，目的在於此間現代文學教育極爲貧乏，市場上亦缺乏適當的現代詩教本，因此本書秉持選用可讀的、可感動的詩作彙編成冊，希冀在教材的荒漠上另闢蹊徑。

好詩幾乎都建立在與閱聽人足以溝通的基礎上，情境不矯造，文字不浮誇，主題貴在價値的啓發，這是我們對詩的信仰，對詩文本最終的期待。

目錄

卷三　地景徵象

卷四　敘事寫實

卷五　詩歌人聲

卷一

浪漫感悟

中國的浪漫文學淵源甚早，一般研究者以爲始於楚辭。中國文學自楚辭之後不但歷經文學體裁的流變，每個朝代、諸多文人其表現浪漫精神的內涵及方式亦各有不同，實值得吾人細細品味。

如果說浪漫文學的特質是以充滿激情和想像的誇張方式，來表現創作者理想與願望的話，那麼可以說，在世界各民族最初的文學活動中，就已經存在著這種形態的文學了。表現理想和幻想本是促成文學發生的一個重要因素，也是文學構成的一個基本要素，從這個意義上說，浪漫精神正是文學的一個重要源頭，文學創生的本質從一開始就和浪漫精神有著極其密切的關係。

雖說表現主觀情感是各種文學類型共有的特點，但是我們要注意，在對情感的抒發上，浪漫文學有自己的特點。如果和寫實文學比較一下，可以說在處理感情和生活的關係上，兩者之間有這樣的區別：浪漫文學是由情生物，爲情造物，對生活的表現受主觀感情的支配，所以浪漫文學塑造的藝術形象往往不同於生活形象；而寫實文學則是由物生情，融情於物，主觀感情的表現需受所描寫的眞實世界的客觀制約，把主觀的情感融入生活形象之中。

譬如白居易在〈賣炭翁〉中曾抒發對賣炭翁的同情，「賣炭翁，伐薪燒炭南山中。滿面塵灰煙火色，兩鬢蒼蒼十指黑。」這種情感的表達是在表現事實的狀態、陳述事實悲慘的基礎上進行的。可是李白的〈長門怨〉二首，其二中對景色的描寫，卻是在感同身受的激情中所產生的想像：「桂殿長愁不記春，黃金四屋起秋塵。夜懸明鏡青天上，獨照長門宮裡人。」爲表現作者自身對理想的希望和熱情，浪漫文學尤其注重對理想世界與英雄的塑造，並常常以強烈的情景對比來強化和表現主觀情感的傾向性。

自《詩經》、《楚辭》以降，中國古典詩的寫實精神和抒情傳統如涓涓細流，文學作品記錄了庶民的生活，也讓常民的情感和文學的語言互相映照，彼此影響、累積、消化復顛覆彼此的思維習慣，逐漸形成文學、哲學與美學的體系，或成爲一個時代的流派，或匯流成思潮，繼續自覺或不自覺地推動著下一代的庶民和文人。「浪漫精神」一直是其中重要的創作力量，只是在以實用爲取向的「仕宦文學」傳統中，詩教不言浪漫，只言溫柔敦厚。而在以抒情爲傳統的「言志文學」系統裡，文人抒情詩的道德內化和人性昇華亦忽略了「浪漫精神」的個人價值與意義。今以「浪漫之感悟」爲閱讀與寫作重要主題之一，當是希望能提示愛好文學者能從「浪漫精神」的視野解析文學作品的抒情言志精神，並能循此懂得捕捉書寫構思時，創作的初衷與最初的感動。

文法

陳克華

沒有再說什麼你的思路空白
沈默已經成形爲一顆句點。哎，錯了

你正要到超級市場去。當我讀著昨日的報紙
太陽永遠從東方升起。早安。我說。
這是早晨，充滿了不妥的時式

「其中再有任何進行式都是錯誤的……」你遲疑著

終於水仙花都開在公車裏，信件卻都自己飛出窗口
整座公寓的浴室張貼起互相攻擊的裸照
八點整垃圾車播的卻是
月亮傳來的登陸進行曲：

「也毋需那麼肯定的未來式吧……」你構思著
爭戰結束已經又完成式
我也不和你爭辯，鴿子在陽光下靜靜踱著

噴泉和廣場，鐘聲和槍聲
時空和銅像
（最高級意味著什麼呢？）

我出現在每一種時式裏恆向你發問
「但是……我們的愛，愛沒有比較級。」你終於固執地說。

1981
2016，10，4修訂於紐奧良

導讀

詩名為〈文法〉其實充滿著弔詭，「文法」顧名思義就是文句的法則，因為人們的語言使用必有其成形的模式，方能成為互相溝通，彼此意會的橋梁，否則說的人有意，聽的人卻是一頭霧水。這首〈文法〉巧妙地將文法慣用的語詞使用其間，如「過去式」、「現在式」、「未來式」、「進行式」、「比較級」、「最高級」等，將「我」與「你」之間錯亂的對話形成有趣的「誤謬」，像是兩個文法使用錯誤的人彼此雞同鴨講，挑釁式的陳述其實來自於兩個思維模式不同的結果。如此跳躍式的各自表述，像是兩個活在不同「文法時態」的人，於是對「愛」的呼告，因為表態的時間性問題，也成了文法使用的誤差，愛到底有沒有最高級呢？我們總是會在每一個時式裡不停的發問，而詩人在最後出個極富哲理性的神來之筆，「愛其實沒有比較級」。

愛情

陳謙

星星掛滿
從去年冬季
溫暖的聖誕
延燒到今年春野
縱火的薔薇田
愛情是什麼
答案會很多
我只會傻呼呼地想念
笨笨的喜歡
有人說
它跟愛情一個樣

導讀

「問世間情是何物，直教生死相許」，相信大家都聽過這句元好問的詞。這裡一開始就問了一個問題，這也是問了多少次都問不膩，但也是百思不得其解的大問題：「什麼是愛情？」詩人拿了「愛情」直接當題目，採自問自答的方式，他的答案只有一個，那就是能讓人生死相許的，就是愛情。

看起來元好問的愛情觀非常的壯烈而偉大，如果能生生世世爲並蒂蓮或是連理枝還不夠，還要能爲愛人許諾一個同生共死的未來。但是這位現代詩人陳謙就很不一樣了，這首〈愛情〉訴說著：當「愛情」來的時候，其實並不會想到要與愛人許下「生死相許」這麼壯烈的承諾，兩個情人終於在千千萬萬人中遇見了彼此，那曾經遭遇生命的美好與缺憾終於遇到一個人，只願意每一個當下和他一起分享，一起創造。在詩中，透過「愛情是什麼／答案會很多／我只會傻呼呼地想念／笨笨的喜歡」，想要提醒我們：當愛情發生時，愛情的偉大不在於許下什麼生死相許或是海枯石爛此情永不渝的偉大的承諾，而是相愛的兩個人享受在一起的當下，甚至是不能在一起的時光，也會將傻傻的想念掛滿夜空，將生命裝飾成美好的模樣。

一如這首詩說的：「延燒到今年春野／縱火的薔薇田／愛情是什麼／答案會很多」開滿薔薇的春日田野，那是超乎永恆承諾的浪漫情懷。因爲愛情，我們懂得欣賞生命的短暫與缺憾，因爲有另一個人陪伴著我們，使我們眞正看到愛情的模樣。

誰主浮沉

白靈

風搖桅杆，浪起甲板
誰能把大海頂在鼻尖之上

暴風雨中，天地上下竟是
劇烈的蒼涼

唯我們的船奮勇
在抵抗黑夜

但沒人知道船的感覺，像無人領會
作爲水手的我們，的感覺

而孤傲的船長猶埋首於另類思考
並在航海圖上狂暴地猛劃

他說再靠近一點
就能到達風暴的中心

船艙裡所有水手都暈旋了
搖盪中，聽見月亮附耳對我說：

「我才是大海的船長！」
噩夢因此連連

昏昏沉沉我的額頭竟以船首之姿
湧向天空

再猛力朝下
潛撞大洋

導讀

在臺灣五○年代出生的詩人中，白靈的詩藝有其獨創一格的面貌，不論是詩創作或是詩評論，皆呈現富於想像力與邏輯性的理趣。這首寫於一九九九年的〈誰主浮沈〉亦不例外，閱讀題目即充滿氣勢，雖是疑問句，卻不只是問號，而內含著與命運挑戰的氣勢。航行大海的船隻一如行在命運之海的人類，到底誰才是掌握命運的舵手？一句「誰能把大海頂在鼻尖之上」，在充滿圖像的問題中，詩人鋪展著人類生存的宿命辯證，這不也是人類生命永恆的課題嗎？到底誰是「船長」？是誰能主宰一條船的命運？「暴風雨中，天地上下竟是／劇烈的蒼涼」，一條船渺小如滄海之一粟，沒想到船長依然奮力向風暴中心挑戰，船員們彷彿另一個我般在開始暈眩不安，而宇宙永恆的「月亮」更是進一步挑戰人類看似堅強狂傲的意志力，以一句「我才是大海的船長！」對抗人類。充滿辯證式的語句，以一段兩行的方式呈現，似斷實連，如海浪般一波波的湧起又落下，深深將讀者的思維一一翻攪。最後在一陣悲壯與偉岸的命運搏鬥間，詩人以「昏昏沉沉我的額頭竟以船首之姿／湧向天空／再猛力朝下／潛撞大洋」，將人類既渺小又獨特的存在價值猛力呈現，「潛撞」二字，充滿想像張力，令人低迴不已。

詩

張芳慈

陪妳的夜晚
喜歡望著遠方
熟悉你　以龐大氣體般的燃燒
讓橫跨在時間裡的空間
在逆光中亮了起來

調著月色勾勒我的曲線
亮面是雌性的膚質
暗面是雄性的骨架
一支耽迷於自我交媾的生物
原生的體液沈澱結晶
喜歡被你放大以無限倍數地
極度熱衷觀察我的透明性吧
那常被忽略的　不是眼睛
而是狀似吸盤的心
用筆觸把我的暗面呈現立體
顛覆那些隨便說說的臆測

唯有你
也只有你能夠
我願意赤裸地……一整夜

導讀

身爲女性詩人的張芳慈善於運用隱喻的身體以書寫深刻情感，然而她的身體書寫不見得皆爲陰性的寫實描述，有時身體只是一個超越性別的空間平臺，亦如一面鏡子，映射詩人心性的「地方」。鄭至慧曾說：「所謂隱喻的身體，指的是作者運用修辭或用典的技巧，在身體的議題上，展開對自我心像的剖視、生命主題的思索，或終級關懷的層次。相較於展示的身體和習慣的身體，隱喻的身體更呈現了沉思姿態和肅穆詩形。」如〈詩〉一首便能清楚理解張芳慈善用身體爲隱喻，以展開其對自我心像的剖視，既名爲「詩」，此詩可以視爲詩人與詩體裁的對話，亦可以是創作時自己與詩裡自我的辯證。詩中的指稱詞時而「妳」與「你」交互著使用，可以解釋爲詩人在「詩」的世界裡呈現超越性別藩籬的心靈風景，「亮面是雌性的膚質／暗面是雄性的骨架」兩句，也可以是以單一身體雌雄同體化來隱喻孤獨透明的生命本質。「惟有你／也只有你能夠／我願意赤裸地……一整夜」，身體是每個人的私有空間，其領域範圍來自自己劃定的主觀界限，願意與詩裸裎相見的詩人，身體便成爲連結詩與詩人的唯一「地方」。可見張芳慈「讓橫跨在時間裡的空間／在逆光中亮了起來」的書寫策略之一，便是詩人不斷以赤裸的「我」書寫作品，讓時間中的空間得以充滿絢麗的光亮。

Arm Chair

白萩

雙手慣性的張開
在空大而幽深的屋子裏，因斜光
而顯得注目，面對著前端
黑暗之中似有某物
躍來

這蹲立的姿態，堅定，像
捕手待球於暮靄蒼蒼的球場
彷彿一個意志，赤裸地
等待轟馳而來的星球衝擊

生命因孤寂而沉默，在天地之上
悄無聲息的一軀體——
把堅強用本身的形象
化爲一句閃光的言語，
靜靜的立在那裏。

導讀

白萩詩裡一貫思考的「存在意識」，一篇篇的詩探討著人類存在的哲思，時而自沉思中來，時而主張需親身去感知、去苦思，人類存在的價值方能有所收穫。陳鼓應編《存在主義》一書，首篇〈存在主義簡介〉即概說存在主義思潮，剖析現代人「存在的情態」有五種：疏離（Estrangment）、空無與焦慮不安（Nothingness and Anxiety）、荒謬性（Absurdity）、死亡、上帝死亡等，[1]白萩在詩裡幾乎皆透過意象加以探討。

這首詩完成於一九六四年十二月，即便在五十餘年後的現在，白萩還清楚記得一直擺放在生命某處的那張有著扶手的椅子，一如每一個生存的意志，隨時赤裸裸地等待轟馳而來的星球衝擊，即使生命空無如一張椅子，如孤獨的個人立身於廣漠大地，無人依靠、又無從解脫的困境裡，來去之間荒謬的等待著看不見的星球隨時的衝擊。然而只要將心靈的雙手慣性的張開，存在的意志堅定不息，這些曾經寫在詩裡堅強的言語，想必會在某些空無的時刻、某個孤身的地域，給予生命正面積極的感動。白萩知道自己一直以詩作面對著心靈的疏離，並冷靜的對抗生命的虛無，雖然面對命運時感無力，也要以詩正視世界的荒謬，奮力的跨越死生的疆界，不管上帝有沒有死，或是根本沒有上帝的存在。

而〈Arm Chair〉一詩先從第一人稱的椅子視角，開始用全知觀點對比生命的孤獨與外力的無所不在，接著又寫到「生命因孤寂而沉默，在天地之上／悄無聲息的一軀體」更是明寫生命的渺小。但白萩的心靈顯然不願被囚禁，因此在充分認知宿命與生存事實後，選擇依著自己的堅強主

1 陳鼓應編，《存在主義》（臺北：商務印書館，1999年），頁16-29。此處為要點節錄。

體，面對一切。一如如薛西弗斯將石頭推上山頂，但石頭之後又宿命的滾了下來，同樣是追求著一個莫名的，循環的目標。這是存在的必然，也是存在的不得不然。而白萩將繼續以這蹲立的姿態，堅定地做一名意志的捕手，捕捉黑暗的一切，並化爲一句閃光的言語，靜靜的立在天地之間。

重量

白萩

醒來
發覺籐蘿滿地
果實已是纍纍
還有什麼話可說
我是岩層
懷著男人的固執
而妳衹是
一粒小小的種子
一個小小的隙縫
一點小小的溫情
今日已蔓蜒成
我人生的全部力量

導讀

讀著這首〈重量〉，不禁也問自己是否曾發生這樣的情境呢？有一天忽然醒來，忍不住問自己：「這是我要的人生嗎？原來只是因為單純的愛一個人，喜歡和他作伴，怎麼生活都被一個個現實壓著。」本詩訴說著：

當情愛來的時候很單純，只要愛了就想認眞跟隨，一如詩人對意象語言的眞誠追索，就是爲了找到當下最適合心靈的語言。可是這情愛一旦走進了生活底層，哀怨之情與男人的怨氣，終究還是在詩作裡匯流成和大家都一樣的心情！

在詩中，透過「我是岩層／懷著男人的固執」，想要傳達面對生活的壓力，依然展現生命的鬥志。原來，詩篇裡如岩層般的詩人呀，依然巨大無比，即使看著生活壓力下可憐的情愛已逐漸萎縮，雖然總有無言以對的時候，詩人依然能以詩默默對抗著。即使面對生活的重擔，除了承擔，好像也沒有什麼話可說，但是只要堅信著自己是厚實無比的岩層，而內心的情愛和心愛的人都是一粒粒小小的種子，需要被自己祕密保護著，以固執的堅持，一如這首詩說的：將生活「一個小小的隙縫，一點小小的溫情」逐漸蔓延成「人生全部的重量」，默默承擔著。

小美好

李進文

時間的風，輕煙的年，心之不再。

——保羅・策蘭（Paul Celan, 1920-1970）

拒絕當形容詞的小美好
從每個昨日、每次未來，回到
今天：除舊布新，
以逗點，劃除垃圾郵件
盆栽裡種下一株喜氣
深呼吸
練習一句「沒關係，
至少我愛你。」

拒絕爲一個不熟的世界
與感情爭吵
以好態度燒沸影子，讓日子
清淨可飲。簡單吃
像雪花一樣輕食
像線香繫黑夜與光明在一起

一起有信仰——
微笑，揮手，請負面好好走
今天偶爾頓挫
依然遼闊

讓每一片葉子迎風扔出問題
欣賞它的動機
每一個舊經驗都恭喜你
你跳出夢外將吻更新
放棄你的一部分
成爲祝福一小聲

光陰跨坐紅磚牆晃著小腿
等你回來
一起過年感覺曠野
一起哈哈鞭炮人間
落實細節：
一起重新寫詩，作人，傾聽
鉛筆咀嚼紙纖維
吐出一隻雲雀

雲雀向上呼叫親情，從每個
昨日、每次未來
回到今天

月光和春蠶血肉相連
看植物歡鑼喜鼓地舞動枝枒
穿過鏡面，走訪水源……
如果「我愛你」是形容詞
形容詞一定有下輩子
小美好是體質

導讀

詩人從第一句「拒絕當形容詞的小美好」開始，便以「擬人化」的書寫方式昭告讀者，甚至我們可以讀出「小美好」是一個個性直接，不喜模擬形容的「人」。強烈爲自己的人生表態，最好的方式就是「付諸實踐」，而非只是「口惠」或是「形容詞」飛滿天，所以整首詩就是「小美好」的生活筆記。「除舊布新」看似是一句老生常談的生活宣言，詩人以生活中的平凡舉動開始切入情感與心靈深處的「更新」：「以逗點，刪除垃圾郵件／盆栽裡種下一株喜氣」，不只是植物的深呼吸，連說出「我愛你」三個字都將成爲詩人「小美好」的實踐，「深呼吸／練習一句『沒關係，／至少我愛你。』」詩人深諳寫詩的藝術，畢竟詩雖來自「意象」，但詩的意象必須是爲核心主題服務，「實踐小美好」一如生活宣言，沒有來自生活本身的步步爲營，「意象」將只成爲虛設的「形容詞」。不管是「拒絕爲一個不熟的世界／與感情爭吵」的實踐過程，詩人甫以「以好態度燒沸影子」，讓生活開始「簡單吃／像雪花一樣輕食」。有了信仰，「微笑，揮手，請負面好好走」，當初種下的植物，原來葉子都隨著生活的更新而「讓每一片葉子迎風扔出問題」。回到生活，跳出夢外，開始學會欣賞生命問題的「動機」。這些不就是生活累積而成的智慧嗎？詩人彷彿也藉著寫〈小美好〉一詩，而重新回到生命光陰裡面，「落實細節：／一起重新寫詩，作人，傾聽」，回到寫作本身，「鉛筆咀嚼紙纖維／吐出一隻雲雀」，雲雀也隨著詩句爲詩人呼喚著親情的美好，走回時間本身的軸線，回到當初中下一棵植物的初心，「看植物歡鑼喜鼓地舞動枝枒」，回到生命水源來處。「如果『我愛你』是形容詞／形容詞一定有下輩子／小美好是體質」，最終，詩人揭示著實踐的生活哲學：澆灌「小美好」，生活信仰不只是空洞的信仰，是體質，必須鍛鍊。

卷二

時間召喚

李白在〈春夜宴桃李園序〉中有言：「夫天地者，萬物之逆旅；光陰者，百代之過客。而浮生若夢，爲歡幾何？古人秉燭夜遊，良有以也。」作家當然如一般人，一天二十四小時，一小時六十分鐘，時時刻刻都在時間的軌跡裡度過生命的種種遭遇。但是作家更是能精確捕捉時間的獵人高手，對於時間的逝去，因爲能比一般人更加敏感與不捨，活在當下的分分秒秒，總善於體會時間無聲卻巨大的影響力，而對於未及到來的時光，還能如大預言家般的看見即將到來的轉變。

所以，時間的因素往往是作家創作靈感的織綴工具。它不但可以爲作者理解自己的歷史，還可以將看似支離破碎的創作思維產生互相關聯的有機性連結。透過時間如絲縷的推移與綴連，不論是運用倒敘、順敘、插敘或是補敘的手法，以文字所構築的世界得以產生屬於文學作品裡的時間。像愛麗絲所夢遊的仙境世界，只要一旦進入了文字的世界，作者便是時間的魔術師，讀者跟隨著其中的時間脈動而運行自如的閱讀思維的四季。

米蘭昆德拉《小說的藝術》裡寫到：「小說產生了這樣的想望：它想要擺脫個人生命的時間限制，因爲小說直到當時一直被安置其中，它想要把好幾個歷史年代放進它的空間裡。但我無意預言小說未來的道路，我對此一無所知，我只想說：如果小說眞的得消失，那不是因爲它的氣力耗盡了，而是因爲它置身於一個不再屬於它的世界。」

時間，是寫作者企圖貫穿自我心靈與作品世界的重要媒介。我們可以將眼所見、耳所聞的眞實世界據實一一抄錄下來，但絕不可能像一臺攝影機般按著一分一秒記錄時間流逝的每個過程。所以寫作者透過時間之眼，想像之心，文字成了有機的結合，閱讀者看似不曾聽到作品中有任何鐘擺搖晃的滴答聲響，其實寫作者早已將時間的因素悄悄的構築其間。他們可以穿越古今和他所鍾愛的時間會合，也可以挾天飛地讓不可能的山水風情一一擺設案頭。

於是，范仲淹的〈岳陽樓記〉，酈道元的〈水經注〉，駢散相間，千古稱道的山水佳景，作者可以因爲忙於紅塵俗物而無法親炙，但憑一方案頭，振筆疾書，便能成就千古佳文。個人體悟的情懷與想像的功力終究還是能取代旅行的舟車往返。

夕陽前發生的事

顏艾琳

弱小的樹枝掉了下來，
剛停歇在上面的鳥聲
如雨滴一般墜落
敲醒草叢中棲息的昆蟲
牠們像鋼琴手的指頭，
反射著

DO

TI

RE

FA

MI

最後一隻高音階的LA
還來不及出現，

夕陽以吸塵器的速度
將這一切吞沒乾淨。

導讀

如果要我們說出昨天究竟做了什麼事情，我想我們會發現自己好像眞的完成了很多小事，但是似乎也不曾眞的改變了什麼，除了時間又默默向前推移了一天！這首〈夕陽前發生的事〉訴說著：其實只要再觀察的細微一點，感覺再敏銳一點，我們會發現這世界眞是瞬息萬變，當然還包括我們自己。也許「光陰一去不回頭」對我們而言是無法改變的命運，時間也毫不留情的執行壽命「減法」的工作。但是別忘了，這也代表每分每秒的我們都在「更新」，相對於昨天，每一天都是嶄新的我！在詩中，透過「DO/TI/RE/FA/MI／最後一隻高音階的LA」，想要傳達給我們，只要認眞「感受」周圍的一切，用心「發現」生命歷經的小小變化，一次細微的眼神，一句關切的叮嚀，都是生命中嶄新的「發生」。

一如這首詩說的「弱小的樹枝掉了下來／剛停歇在上面的鳥聲／如雨滴一般墜落／敲醒草叢中棲息的昆蟲」，多麼渺小的自然演變，卻驚動了樹枝上的鳥聲，也敲醒安靜棲息的昆蟲，於是產生了美妙的旋律。雖然夕陽似乎不爲所動地將一切吞沒，但是曾經發生的美好，已默默將這世界永遠改變了，夜晚即使依約來臨，黑暗也將一切吞沒乾淨，但是一切已經再也不同了！

五十照鏡

林沈默

崁頂落雪，
烏山頭、七分白。

崁腳開花，
三分目、一橱冊。

鼻龍失勢，
英雄膽、氣絲短。

面戴粗皮，
人生戲、硬搬過。

耳骨薄細，
欠野草、綁瘦馬。

水壩鎖咧，
一支喙、毋講話。

（酒！酒若沃落，

喙水卡濟過彼條活過來的雷公溪……）

導讀

「詩，深深打動了我們的靈魂，於是，我們讀著詩，也讀出了自己存在的處境。」詩像一面擦拭光亮的鏡子，除了照見詩人的內心世界，更讓讀者發現隱藏在心靈角落的自己。這首「五十照鏡」訴說著：詩人面臨五十歲以後的起伏心情，有點不想失去什麼的矛盾，也有點必須硬著頭皮接受的茫然。在詩中，透過「崁頂落雪，烏山頭，七分白。」詩人想要傳達偶有幾莖白髮的無奈情懷，每天我們都在面臨人生中大大小小的事情，但是自己詩人卻警覺到已逐漸失去年輕小夥子的衝勁了，一如詩裡所說的：「鼻龍失勢，英雄膽、氣絲短。」，可是渺小的我們卻又充滿著想要與時間賽跑的不服輸精神！「面戴粗皮，人生戲、硬搬過。」但是畢竟長了歲數也歷經更多人生如戲的場景，知道歲月日日累進，無法抵擋的除了身體蒼老，還有那看透人事的清明智慧，「欲說還休，卻道天涼好個秋」，一如這首詩說的：「一支喙、毋講話。」歲月讓我們多了深沉，只是深藏不露的俠士豪情終究還是抵不過一杯黃湯下肚就露了餡！

月光廢墟

羅任玲

被海遺忘的一個字
暈黃地
懸在時間之下
其上是更爲暈黃的
一個月亮

被寂靜追逐的
我的童年
像風帆一樣
慢慢跑著
終於越過了雲霧
來到昏暗的家

那時煤油爐正嗶啵響著
母親喚我回去
秋夜的樹叢
有什麼安靜棲止

「是一面鏡子啊」
低下頭的我
只看見時間的陰影
微微　笑著

多年後
我才知道
那是月光的廢墟
孩子們撿拾了碎片
就再也無法回答
遠方的呼喚

而被海遺忘的母親終
於忘了我的小名
無人的果園裡
有誰仍在低頭探問
光陰的蹤跡

導讀

「時間」向來是古今詩人亟欲表達的主題，不論是感嘆時光消逝或是回憶美好的過往，對於閨秀女詩人而言，面對時間的巨大與虛無，總是難逃傷春悲秋的人類宿命觀。然而對於羅任玲而言，觀看時間成了她看待生命與自我最佳角度，她的孤獨以及她對與世隔離之耽溺，都因爲有了與

「時間」一起居高臨下的觀景點，而獲得觀察生命的最好位置。即使是生命的哲思，也因爲用時光爲筆尖，而得以在詩中一一得到最佳的書寫角度。

時間是什麼？這是一個問題，但這問題的本身其實也代替了回答，一如波赫士在《波赫士談詩論藝》中引了一句聖・奧古斯丁（Saint Augustine）的話：「時間是什麼？如果別人沒問我這個問題的時候，我是知道答案的。不過有人問我時間是什麼的話，這我就不知道了。」詩人以擅長經營的自然意象，正巧營造了冷智而低溫的時空觀與生命觀，讓人在閱讀自然的生死、時空與溫度意象中，一起和詩人參與生命與時間的辯證。然而詩人依然一貫表現其遠距的觀看方式，不帶答案也不涉個人情思，只是每次觀看的，除了她的詩作意象外，也一併給了我們這些閱讀其作品的讀者以觀看的視野。〈月光廢墟〉裡，詩人以擅長使用的「月光」爲其表現的意象，寫的是月光下的時間，也是生命裡的時間。因著月光的昏暗不明，讓回憶裡的時間浸潤在月光般的曖昧與冷冽之中，我們身在光陰裡，我們也被光陰拋棄在廢墟裡，在光陰裡的是現在，在光陰之外的是遺忘，「被海遺忘的一個字／暈黃地／懸在時間之下／其上是更爲暈黃的／一個月亮」。然而若現世的時光是可以觸摸，可以把握的存在，詩人說那你就錯了，「只看見時間的陰影／微微　笑著」，詩人讓時間本身產生辯證，而詩人只負責以自然營造詩美學，月光、海與森林所呈現而成自由、孤寂與冷冽，不正是詩人對光陰與生命的具象化思索嗎？

「那時煤油爐正嗶啵響著／母親喚我回去／秋夜的樹叢／有什麼安靜棲止／『是一面鏡子啊』」，波斯人稱月光爲「時光的鏡子」（The mirror of time），波赫士解讀說鏡子的意象帶給我們月亮光亮卻又脆弱的感覺。其次，我們在想到時間的時候也會突然憶起，現在所欣賞的這輪明月是相當古老的，而且幾乎和時間一樣的古老。這其實和中國傳統詩中，

「月亮」的意象不謀而合，不管是「秦時明月漢時關」或是「海上生明月，天涯共此時」，月光無私照拂著大地，也冷冽地看待著芸芸眾生。

語言的恩賜是，它具有潛在的完整性，它擁有以文字涵握人類整體經驗的潛力。一如詩人商禽所言，詩人營造出一個昏暗、喑啞境界，然而意象卻非常明確，使讀者能親切的感受並隨其具象的語言走入其所營造的詩境，能跟著「像風帆一樣／慢慢跑」，能在樹叢的廢墟中去撿拾月光的碎片，並且彷彿可以看到時間與死亡的模樣，但伸手撿拾卻又瞬間不見其蹤跡。呈現了詩人一貫森冷的風格。

昨日的窗簾

羅任玲

被寂靜拋出的
夏天清晨六點的海
奧義環抱著
最遠最藍的那一點
默默划去
有心或無蹼的一部分

那是我昨日的窗簾

映著地圖上的旅人
水波蕩漾時間
光影斜斜
穿過了冬天的迴廊

只有祂雕刻的聲音
還留在金色琴弦上
橫渡了誰的衣鏡
誰春日的廢墟

導讀

在羅任玲筆下的時間有時是具有流動性，她並不直接探討時間本質，而是自然呈現昨日、今日、明日以及春夏秋冬遞嬗的時間軸，讓流動時間具備了立體如空間般的樣貌，令人彷彿看到了時間的模樣。如〈昨日的窗簾〉一詩，「被寂靜拋出的／夏天清晨六點的海／奧義環抱著／最遠最藍的那一點／默默划去／有心或無蹼的一部分」，詩人以海的模樣描寫時間的流動，也以清晨六點的當下捕捉海的空間位置，當時間與空間互為表裡時，那被寂靜拋出的自然奧義顯得豐富而熱烈。

「那是我昨日的窗簾／映著地圖上的旅人／水波蕩漾時間／光影斜斜／穿過了冬天的迴廊／只有祂雕刻的聲音／還留在金色琴弦上／橫渡了誰的衣鏡／誰春日的廢墟」，在自然的遠觀中，詩人寫時間也寫空間，但究竟是誰能夠真正如此同時寫著昨日、今日、明日，還能橫渡春秋，看盡春日與廢墟呢？羅任玲在詩中說只有神，那不屬於任何宗教的造物主，在自然的地圖上演奏著時間的琴弦。

羅任玲的第二本詩集《逆光飛行》亦絕大部分都在寫時間，「掉落地上的鐘擺／果子一般醒著，果子一般睡著的／不知名的頭顱」（羅任玲：《逆光飛行》，頁21），探索著回憶、夢或死亡，有若音樂般的心情氣氛，卻不見得得說出什麼。如果生存是陰影，死亡便成了跨越陰影的彩虹，藉著對自然萬物的重新詮釋，時光得以書寫成宇宙運行的模樣，「依然未解的密語／用時光的筆尖／危顫顫寫／下一個陌生人／獨自飛翔的故事」（羅任玲：《逆光飛行》，頁135-136），不論是虛無或是豐饒的，羅任玲將時間的存在昇華為居高臨下的神，不再只是前行詩人念茲在茲的「今昔之比」或是「生死之感」。

擁有星星以後

羅智成

我們是眞正擁有過星星的
不像那些耽於幻想的人
我們在它下弦的地方
有個巨大的停車場
甚至我們還擁有
失去它之後的
憂傷

導讀

「詩可以是閃爍著憂傷的藍色星子，雖然來自距離遙遠的億萬光年外，卻依然散發著淡藍色的溫度。」這首「擁有星星以後」訴說著：「擁有」與「失去」之間，其實充滿著一體兩面的對應關係。有時我們看似買了一樣東西，也在上面貼了名字，正式擁有了這樣東西，然而我們眞正擁有了它嗎？擁有的，其實只不過是當下某刻的「共享」時光。就像是開在同一個視窗的「聊天室」，看似聊天的一群人擁有同樣一片雲端空間，其實只要其中有人逕自關上網路的連結，這個曾經擁有同一片時空的場景就再也不會出現。

在詩中，透過「我們是眞正擁有過星星的／不像那些耽於幻想的人／我們在它下弦的地方／有個巨大的停車場」，想要傳達擁有星空般燦爛理想的人，雖然不可能因此而眞的「擁有」任何一顆星星或是一片天空，但是只要願意抬頭仰望天上的「星星」，將自己的夢想透過任何傳遞模式連結夜空一閃一閃的明亮所在，就能「擁有」棲息靈魂的巨大「停車場」。

我們來時一個人，去時依然還是孑然一身，不曾擁有，也就不曾失去，但如詩中所言：「甚至我們還擁有／失去它之後的／憂傷」沒有人可以眞正擁有一樣東西，也不可能帶走任何心愛的寶貝，能擁有「失去之後」的「憂傷」，不就證明了我們曾經仰望過那遠方的星空嗎？你曾經和一顆顆如夢想般的藍色小星共享同一片美麗星空嗎？即使看黎明一一將星子呑沒，心中是否也會升起甜甜的「憂傷」呢？

不亮也不夜晚

葉莎

在冬日之前
繁華被誰一片一片剝下
我們思念萎靡，念頭荒塘
長成一株一株燈籠模樣
讓翠鳥一直站
讓悲傷的魚一直藏
不亮也不夜晚

導讀

「詩是一種美的文字、音律的、繪畫的文字，寫出人們情感深處的意境。」這首〈不亮也不夜晚〉正充滿著一種詩的意境。詩人完成一首詩，不見得是爲了表達一個明確的主旨，有時只是藉著意象的捕捉，想要傳達一種意在言外的境界。身爲讀者的我們，只要安心地沉浸在詩裡的意境，將自己內心的心情投射其間，便能映照出屬於自己獨一無二的感受。在這首詩裡，詩人透過「在冬日之前／繁華被誰一片一片剝下」，呈現了大地即將汰舊換新前的過渡期，似乎連大地上的萬物也摸不清造物主下一步的動機。

詩人透過「我們思念萎靡，念頭荒塘／長成一株一株燈籠模樣」，想要傳達：生命在繁華落盡前也好，或是思緒清明前的枯寂無聊也罷，有時生命的模樣就如同這首詩的題目「不亮也不夜晚」一般，一切只是曖昧不明的狀態。一如這首詩說的：「讓翠鳥一直站／讓悲傷的魚一直藏」，暫時什麼也不能推進一步，唯一能做的只有等著冬夜完全來臨，讓黑暗與冰冷徹底擁抱大地後，方能卸下如秋葉般的一切思緒與念頭，方能期待全然的蛻變，黎明的升起。

我已經來到這裡

林達陽

十二月如水，十二月
在井一樣的內心裡
鴿群飛過，留下複雜的痕跡

我已經來到這裡，理想的
冬季下午，陽台上有充足日光
曬著葛藤的捲葉。書的那頁攤開
於桌上，其他頁斂闔於下：
內隱的情緒，透明酒水，溫暖音樂
繞過窗簾美麗的弧線一遍一遍
凝成飽滿的露水，試圖滴落下來

往日情人像下陷的木椅
最美的紋路已經裂開，空隙伸展
成爲難以抉擇的兩條路
路旁有樹，樹下有人走走
停停，閱讀寓意複雜的小說集

午寐一樣沉靜

我已經來到這裡
園子裡無人穿越，似乎有雨
淋濕懸空的繩索。衣物
已經晾乾了收在簷下
此刻我是溫暖的，有那樣的餘地
去回想一種安寧而
模糊的花香，柔軟心意
遲疑的妳

我已經來到這裡

導讀

林達陽的詩深具抒情性的詩意，如河水般涓涓而流的節奏，交織成不疾不徐的情意，「十二月如水，十二月／在井一樣的內心裡／鴿群飛過，留下複雜的痕跡」，詩一開始即以時間為十二月定調，時間如水，孔子已有揭示，但詩人似乎是刻意讓時間的水紋慢下來，以散文化的詩句使人感受詩人內在如井般的時間深度。因為等待，詩人不時的說：「我已經來到這裡」，一句又一句，不時出現詩中，讓情感在舒放中呈現自然節制的律動，詩人情感如河流流至命運的礁岩，或自然激盪成回聲，或撞擊改變河流的速度。等待的過程中，詩人享受著「理想的冬季下午」，隨著時間的遞嬗，詩人的心靈風景也如書頁如「葛藤的捲葉」般一一展現。至於斂闔未語的幽微情思，「內隱的情緒，透明酒水，溫暖音樂／繞過窗簾美麗的弧線一遍一遍／凝成飽滿的露水，試圖滴落下來」。即使眼前有著「難以抉擇的兩條路」，即使「園子裡無人穿越，似乎有雨」，詩人的心因爲溫暖而有餘地，想起往日的情人沒有怨懟，而是可以「去回想一種安寧而／模糊的花香，柔軟心意／遲疑的妳」。一如時序上已經走到了冬天，已經走到這裡的人，就享受當下的足跡，而感情的難以選擇，不也是因爲兩人的時序的不同嗎？先到的人，何不就坐下來翻開小說，讀它幾回呢？

卷三

地景徵象

文字書寫是對形象思考的最佳輔助工具，透過描繪與形塑，我們得以看見事像背後的象徵意涵，只有豐厚的人文思考，才符合人性最根本的需求。

文字書寫來自於人類最根本的需要，際此，文字從生活中來，自然也要如實地回應生活。

地景寫作是對形象思維最爲具體的表現，寫作則是思考對形象的反省與給出。地景書寫所關注之焦點有如下方向：

1. 從環境體驗出發，以觀察爲核心，以自身爲觸角。著重文字與圖像之關聯性，藉由敘述與描繪，全景與特寫的鏡頭語言呈現地景的特徵與風貌，希冀同學們能自文字中獲取空間物像與時間環境其間奧妙之有效掌握。
2. 踏查與紀實，藉由文字的紀錄與想像，探索出事件情節背後的眞實與象徵。藉由自然書寫、旅遊書寫、城鄉書寫的文本閱讀，期能充分體現作品書寫的價值與內涵。

任何學理有其操作性定義，對於新興的「地景寫作」學門，其定義試表列如下：

書寫類型	敘述觀點	備注
旅遊書寫	以我觀物 （移動中的人，第一人稱）	觀察者短暫遷徙或停留
城鄉書寫	以我觀物 （第一人稱，亦可第三人稱）	觀察者以所在地為居所
自然書寫	以物觀人 （第三人稱，亦可第一人稱）	移情→物皆著我之色彩
企劃文案寫作	揉合各種書寫類型	言簡意賅，修辭

書寫是情感與智慧的沉澱，作爲一位傑出的文字爬梳者，當然是一位敏於觀察的藝術家。但別忘記，藝術同時也是技術，有了技術才有藝術完美的呈現。

文建會近年來爲倡導在地書寫，專注於一鄉一特色的文學「地景」，其實也就是景觀學的核心價值。文學與景觀學都強調以人爲本的教育內涵，其本質可謂不謀而合。

本章節所選錄之文章著重於文字對景觀的描繪與探索，並書寫出對土地與環境的憂慮與期待，表現手法各有千秋，著實豐富了地景書寫的文本內涵。筆者試將地景書寫簡化爲以下關鍵詞，希冀能有拋磚引玉之效力，並請同學與諸位師長大德，不吝指正爲荷。

1. 地景寫作原則：從自身情感出發→直接的經驗→間接之訊息→文字書寫（知感交融）
2. 城鄉書寫→居所→人與社區
（報導傾向的地誌書寫，文明的現在、過去與未來）
3. 自然書寫→環境→自然與人
（物擬人，警醒與啓示）
4. 旅行書寫→移動→人與變遷
（感懷，遊歷，生命之過客）
5. 地景寫作課程教學目標：環境觀察與體會→形象思維訓練→文字描繪→故事敘事。
6. 感情（情緒的逗引）→美感的基礎→藝術的技巧與控制（媒介：文字、圖像等），理性與感性兼具。

金門五題

陳謙

㈠ 黃昏的故鄉

潮聲靜靜的推湧，好大
好大一片的
霞色，緩緩
泊向港的臂灣

沈沈睡著的
岸哪，偶一劃過
擾嚷的鷗鳥
隨即還原成風雨不再
昏黃靜謐的海岸

潮線過去，鐵蒺藜
過去，防風林
過去，大武山過去
就是　故鄉

㈡ 驚心

牆面光影由亮趨於
暗沈的時候，青春
從青澀到枯槁，終至於
花白交錯出皺紋裡
錯愕的線索

淡然而笑罷
光影與時間的遊戲
從沒問起你我願意
不願意。一片葉子
因爲熟透，終至於
完成最後的顫抖
在風中，那七秒鐘
精采的演出

㈢ 風獅爺

風沙向南，記憶向北
千百年來村口踞坐
張大嘴巴
如斯守望

一隻粉蝶翩翩飛來

就在我鼻尖停逗……

那是比八二三更早
更早的肅殺的秋意
鼓鈸在沙塵中擂動
隱沒在黃土中的血漬
早已成長爲一棵向陽的樹

風沙向南，記憶偏北
向著煙塵滾滾的年歲。
當一隻粉蝶在歷史的長卷上
像美麗的驚歎號
停逗，爲我長長的嘆息
擾嚷的兵災與人禍
到此都要下馬飲水

㈣ 銅環

只要不走失
遠行的人
終究是要回家的

銅環的後方
當你叩響
不言而喻的溫暖

會將你充滿

當你回來
請把寂寞的駝鈴
繫在門外，也請
記得抖落北地的
風霜，如果
銅環，真能前去敲叩
如果家，不在天涯

㈤飛天

月光，輕撫著疲累的屋脊

當漁船擁入碼頭的懷抱
當日落後鋤頭倚靠屋角休憩
當嬰孩的啼哭止於靜寂
當潮聲竟也忘記了呼息

那月光
撫慰著入睡的村落。
酣睡的主人啊
一旦日上三竿
每一片屋瓦都會順著脊樑優美的

弧度

欲飛。
像人們起床後，勤奮的
腳步，用開朗的節奏
向陽光踏去

導讀

〈金門五題〉爲一組詩，共分五個子題，分別陳述地景文學的景觀特色。從「黃昏的故鄉」中的曾經鐵蒺藜布滿的海岸風景，到風雨不再黃昏似的靜謐的海岸，一樣是安靜的風景，其間卻對比出曾經肅颯的戰地氣息。「驚心」則藉由一片葉子從古老斑駁牆面前落下時，在結束生命的傾刻起，理解到渺小生命生逢大時代的無可奈何，因而驚心！其他如「張大嘴巴／如斯守望」堅持立足土地的「風獅爺」，「如果／銅環，眞能前去敲叩」的鄉愁思緒，「當漁船擁入碼頭的懷抱」，月光就會「輕撫著疲累的屋脊」的「飛天」等，都是藉物抒情的極佳象徵。

邊界

陳謙

在烏石港，海與天
的交界處，烏雲蓄勢
一場大雨
蟹兵蝦勇紛紛走避
覓食的高腳鷗
輕輕踩踏軟泥地
啄食因冰層消失
氣候暖化，暴斃後的腐屍
腫脹成榴槤後死去
閃爍如星光的魚肚白，潮間帶
河豚們排列成漫天的腥臭
在我們哀傷的頭城海岸

帶你到海邊，帶你到夢與地理的疆界
任由足印不斷蔓延
蔓延，風景許是微微感傷
海與天的光亮處，我們回望斑白的海岸

就請相視一笑罷

相視一笑的默契，你的笑你的嘆息你的回眸與肯定
都注滿我心
龜山島仍無私的等待你我
登臨。心中的工事構築
只要你一個擁抱，邊界
可以輕輕跨越

儘管世界，敗壞如斯。

導讀

現實地景的烏石港，眼見潮間帶河豚魚肚白漫天的腥臭，並引來衆多蟹兵蝦勇，以及食物鏈上層的覓食的高腳鷗，而氣候的暖化是其主因。詩人在此置入另一種與伊人守望的場景，恰與現實地景形成對話，夢與現實一如遠方的龜山島，遠望美景盡收眼底，但如實際登臨呢？恐怕島上貧瘠與匱乏又會成爲另一個難題。際此，敗壞的世界，也許可以使它回溫的，就只有擁抱了。

今晚冷風向西

德亮

我也有一首詩
給你，可惜是
那種近乎殘冬的蕭瑟
寒意在子夜的靜默裏爬升
今晚冷風向西，也許
我可以幫你升火取暖
但寫詩只能
用冷冷的稿紙遞給你

月落時我正向東
露滴在柳梢映現
可惜是近乎灰暗的白
今晚冷風向西
日出以前我仍點燈
關閉睡意想著心事
但絕非詩，或者
詩中的溫度

失眠的夜裏且稍候
聽我說，今晚冷風向西
記憶向東
向花蓮的海灘
背脊冰涼在堤防上
寫詩，且聽我細說
潮的變遷

我也有一首詩
給你，可惜不是
那種近乎盛宴的激情
今晚冷風向西
我的記憶向東
詩用冷冷的期盼覆蓋，也許
你可以賦予一些暖意
在回花蓮的路上

導讀

詩人德亮是臺灣花蓮客家人，詩題為「今晚冷風向西」，充滿敘事意味，彷彿引人進入一陣又一陣向西的冷風。那東方呢？原來向著東方的，都是詩人的鄉愁，還有那綿延不盡的抒情詩意。詩裡不斷出現「今晚冷風向西」一句，那一陣陣刺骨的寒風，令人寒冷，鼻酸不已。「月落時我正向東／露滴在柳梢映現」，呼應反覆出現的「我的記憶向東」一句，令人低徊不已。詩人身處異鄉，以詩取暖，但詩裡因爲過於思念家鄉花蓮，而無法產生調節冷風的溫熱。「但寫詩只能／用冷冷的稿紙遞給你」，「你」可以是指「花蓮」，也可以指「那離鄉的自己」，而詩，只能用「冷冷的期盼」覆蓋「我的記憶」，無法孳生「那種近乎盛宴的激情」，惟有「在回花蓮的路上」的自己，方能賦予一些安慰的暖意。

大度山

路寒袖

夕陽將它第一件漂亮的
霞衣穿到我身上
花園裡的玫瑰壓不扁
我不高，卻勇敢的抗拒
狂妄的東北季風
日日，更彎著腰
點燃盆地裡亟欲發亮的燈火

導讀

「詩是社會的靈魂，更是誠實的報時鐘。」好的詩人不見得會說好聽的甜言蜜語，但絕對會爲這個時代的人們留下最眞實的聲音！詩人路寒袖藉著這首〈大度山〉，見證一位臺灣詩人「楊逵」的偉大生命。他以臺中最具有代表性的自然地景「大度山」爲象徵，讓我們清楚地看見楊逵這位詩人的生命，昂然挺立在臺灣這片土地上，以「夕陽將它第一件漂亮的／霞衣穿到我身上」的詩句，呈現那充滿悲壯又堅毅的身影。

在詩中，路寒袖透過「花園裡的玫瑰壓不扁」，將詩人楊逵與大度山的東海花園巧妙連結。成功傳達出楊逵一生與當權者「抗爭」的不屈精神，一如這首詩說的：「我不高，卻勇敢的抗拒／狂妄的東北季風」，從日治時代開始，楊逵即以不同體裁的文學作品啓迪民心，成爲時代的良心。「日日，更彎著腰／點燃盆地裡亟欲發亮的燈火」，至今，當我們閱讀著楊逵的作品，依然能被字裡行間「民族自覺」的精神和「大我」的情操深深感動，如燈火般照亮黑暗的夜空！

暖暖

陳黎

七堵八堵之後
這天氣，終於突圍
而出，暖暖起來
就像暖暖這小站

我們趁空檔下車
小站在月台上
我說這地方原是
平埔族那那社所在

那是消失的哪一族
那是哪個年代
你急切地問這問那
我吶吶以對——

我只知道現在天氣
很好。暖暖。我們

在暖暖。像此際
我們明亮的心情

也許車子再開動後
在哪個時間，到
哪個五結六結之地
哪裡又鬱結起來

導讀

現代詩有一種有趣的現象，愈開口唸出聲音，就愈能讀出詩中的內在韻味，這首〈暖暖〉也是，整首詩唸起來好像坐著慢火車一路晃呀晃的優遊幾處熟悉的東北角車站，也像訴說著：當外在現實與內心感情產生矛盾衝突時，經歷時而低潮時而明亮時而鬱結的幽微思緒。詩人巧妙的以臺灣北部的幾個地名爲空間的連結，讓行進其間的兩個人隨著地名的出現而自然浮現各自的心情。在詩中，透過「七堵、八堵」，想要傳達一種遇到感情問題的心理狀態，但是不管受到什麼困擾，一如這首詩說的：「就像暖暖這小站／我們趁空檔下車／小站在月臺上」，一股暖流隨好天氣自然湧出，那好心情沒來由，即使對方對現實的處境想要一一釐清，一如詩中所言「你急切地問這問那／我吶吶以對——」，詩人只在乎當下在暖暖的暖暖心情：「我只知道現在天氣／很好。暖暖。我們／在暖暖。」，詩人知道「也許車子再開動後／在哪個時間，到／哪個五結六結之地／哪裡又鬱結起來」，該去的站名，必須前往的歸途，詩人藉著「五結」、「六結」的地名，暗指我們該前往的路程。

風之片斷

羅任玲

僅僅留下一雙
黛綠的手勢
頭顱身軀都已涉向
不知名的流金暴雨
在短暫平靜的清晨
我拾起你
像拾起
整個宇宙的風聲
空蕩的兩片小舟
托住
空蕩蕩的一整座森林

影子
啊影子
召喚著
一整座海洋的靜寂

暴雨剛剛離去的台東知本森林裡，石階上赫見一雙小巧的昆蟲翅翼，色如黛玉，貌似奇貝，在初陽下閃爍幽光，是為記。

導讀

詩人向陽曾如此評論羅任玲：「羅任玲的詩善於以小喻大，從生活中擷取題材，卻不爲現實所囿，而能突出重圍，展現冷凝的詩思，開拓寬廣格局。在微觀之中，即使吉光片羽，也有浩瀚無窮的力量。」以小喻大的寫作手法如同中國道家的哲學，能自由在小大之間穿梭與變幻視野，不僅造成小大之間的反襯，更能辨證出超自然的人世哲理，呈現道家式的自然意識。從本詩的後記可知，當時詩人拾起的只不過是在石階上發現的一雙小巧的昆蟲翅翼，但是詩人卻說：「我拾起你／像拾起／整個宇宙的風聲」那樣巨大轉折的比喻，讓一雙微不足道的翅膀頓時有了一整個宇宙的象徵，不再只是表象的卑微渺小，而是代表生命最本質的原貌，那本貌無關大小，只有尊嚴的無比巨大和生存的獨一無二。人的生命可如螻蟻，螻蟻的生命也當如人類生命般，因眞實存在而受到重視，「空蕩的兩片小舟／托住／空蕩蕩的一整座森林」，一隻小蟲的生死，當牠能夠拖住空蕩蕩的一整座森林，那生命的傲岸和死亡的孤絕本質令人震撼。死亡，在羅任玲的筆下不但讓人直視命運理性式的嚴峻冷冽，更讓人感受到生命抒情式的感傷，和一整座森林的陰影一同呼吸，一同接受死亡的召喚。「影子／啊影子／召喚著／一整座海洋的靜寂」，如此深邃神祕的宇宙定律，終究還是因著詩人不捨地拾起一雙孤絕的翅翼，而召喚來了一整座如海洋般的靜寂。

構造巴黎鐵塔

試以結構主義解讀鐵塔

尹玲

參觀鐵塔是爲了
參與構築一個夢幻
探索一件鏤空雕塑的內部
塔內空無一物只有空氣
流動著艾菲爾的眼神
無處不在

登臨鐵塔
我們要理解和品味
巴黎的最初本質
我們在讀解一個世界
譯碼符號背後的眞正意涵

鐵塔俯照塞納
巴黎便由一個城市
蛻爲一種自然

人潮流成串串風景
嚴酷冷漠的都會神話
悄然溶化
氛圍因而和諧鬆懈
我們正實踐著結構主義
不知不覺之中

攀爬鐵塔就是
攀爬層層浪漫
通道環行如此單純又
深刻地臨近一種景象
我們試著構造再構造
心中浮起一座
感覺加上記憶
再加上眼前風景的
艾菲爾鐵塔

導讀

文字書寫來自於人類最根本的需要，際此，文字從生活中來，自然也要如實地回應生活。地景寫作是對形象思維最爲具體的表現，寫作則是思考對形象的反省與給出。地景書寫中的旅遊書寫本是從環境體驗出發，以觀察爲核心，以自身旅行爲觸角，著重文字與圖像之關聯性，藉由敘述與描繪，全景與特寫的鏡頭語言呈現地景的特徵與風貌。身爲旅人，在異鄉只是短暫遷徙或停留，著重在移動的變遷，當尹玲使用「我們」登臨巴黎鐵塔時，一同觀看的讀者便知作者已選擇隱身在一群觀光客之間，然後一同拉開距離，從高處俯瞰而下。回到巴黎的最初本質，於是當一個地名沒有了個人的國族、家族或流離的背景，一如結構主義將作品（work）還原爲文本（text）的符號般，當巴黎脫離了社會條件、作家背景等外緣因素，巴黎就只剩一層又一層的浪漫想像，於是「我們」也試著在心中構造再構造著以感覺、記憶與風景的艾菲爾鐵塔，一個與作者自己生命無涉的城市記憶。一如羅蘭．巴特在《明室》一書提及觀看攝影作品的經驗：「閱讀文本時的歡悅感，使他辭退一切知識、文化教養，戒絕另一種眼光。在『療養院智障病人』中，只看到小男孩的但敦式寬邊大翻領及女孩手指上的繃帶。他只願做一名文化的野蠻人。」

誓約

顧蕙倩

夏末秋初之時降臨我們這座島嶼
依約而來的強颱
帶著九級陣風
以及暴雨
在山川與海洋間穿梭
你熟悉的狂熱靈感是我夏日的呼吸

爲我寫詩
風雨的筆觸儼然你前世的記憶
這充滿回憶的大地
傷痕累累後會看見彷如新生的嬰孩
那嬰孩還在母體的黑潮裡泅泳
爲你睜開雙眼揮動雙手
瞬間振翅
化爲灰黑的暗光鳥飛向海岸

站在潮間帶

聽到哭聲和笑聲都飛翔在立霧溪口
該沉澱的都已蛻爲山脈的低谷
該流逝的都將一一流向海洋
潛伏的礁石、肥美的魚群仍在

暗光鳥縮起右腳沈默睡去
覓食後安靜的休憩
你寫的詩裡
山也靜好，海也靜謐

習慣點讀你寫給我的詩句
風停雨息之後
我知道
再多的諾言在詩裡
都成了山川與海洋
如是遠觀，所以靜美

導讀

詩人的使命就是要穿越象徵的森林，超越醜惡的世界，達到精神的彼岸。人類總是強調是萬物之靈，更相信人類的文明是征服大自然的成績。可憐的是，我們總是要到大地反撲的時候，才驚覺人類是多麼渺小，而造物主的殘忍與慈悲早已在山川的雄偉與海洋的廣闊裡展示給我們了，只是我們只顧爭取自己的生存空間，卻忘了向大自然請益。

這首〈誓約〉以「你」代表「臺灣」，訴說的正是：臺灣這座島嶼以海洋和山川爲我們書寫一首首的詩。居住在其間，難免有風有雨，還有令人驚恐不已的地震，有些人總是埋怨歷史帶來的傷痛，也因各自祖先的居住地或是出生地的不同而區分彼此的血緣，離間彼此的情感！在詩中，透過「這充滿回憶的大地／傷痕累累後會看見仿如新生的嬰孩」，詩人提醒我們，大地經過傷痛後會慢慢的自我修復，宛如新生的嬰兒，渺小的我們爲何卻執意要沉浸在傷痛的深淵裡呢？

在詩中，透過「該沉澱的都已蛻爲山脈的低谷／該流逝的都將一一流向海洋」想要藉此傳達大自然的無私與包容，提醒我們居住的臺灣處處充滿著愛與智慧的力量，一如這首詩說的：「我知道／再多的諾言在詩裡／都成了山川與海洋／」不必期待山盟海誓，放眼望去，何處不是靜美的山川與海洋，默默守護著我們呢？

卷四

敘事寫實

語言是溝通的橋梁，特別是詩歌，因其語言簡潔而凝練，更應該做到一種雙向的良好互動。白居易要求語言上的平易，多在作品中實踐，渡也在一九八四年批評席慕蓉的作品時，亦曾提到席詩之所以吸引讀者，其關鍵如「語言平淺，內容並不艱深難懂」以及「詩句流暢，十分順口」。

寫實文學在臺灣其實一直存在，只是在主流媒體刻意存而不論的政策下，一直無聲無息的默默出版著，從《臺灣文藝》、《葡萄園》、《秋水》等詩刊或綜合性文學雜誌的現象可見一斑。趙滋蕃曾說過，「就藝術作品的現實意義而言，藝術是社會觀念的反應。」一九八七年之前，臺灣仍處於戒嚴時期，媒體受到警備總部嚴格的監控。解嚴之後，臺灣媒體逐漸鬆綁，報禁更在解嚴半年之後開放，大批媒體如雨後春筍般洶湧而起，其他諸如民視民間有線電視臺暨許多無線電視、衛星電視、廣播、報刊出版品等大衆傳播媒介，一時百花齊放、百鳥齊鳴。大環境的開放，促使臺灣的發展進入一個多元且全新的媒體時代。

寫實文學其實只是多元文學表達類型的一端，語言崇尚明朗而自然、清晰，表達的對象是典型人物與事件，而那些事件或人物，正是我們身旁俯拾即是的取材來源。

本篇輯錄的作品因爲寫實，是以多有敘事之傾向，不論詩文的言語詮釋，多希冀能一詩一事，以便集中焦點，不至主題模糊。然而寫實也從描繪與敘述出發，基本修辭與體驗的釋出更是寫作的基本功，更可以說寫實作品是文學的源頭與基礎。二十世紀初期，各種主義的流行蜂擁而至，不論是達達、超現實還是後現代，我們都可這樣斷定：所有的抽象，其實都來自具象的昇華。

留鳥

李魁賢

我的朋友還在監獄裡

不學候鳥
追求自由的季節
尋找適應的新生地
寧願
反哺軟弱的鄉土

我的朋友還在監獄裡

斂翅成爲失語症的留鳥
放棄語言，也
放棄海拔的記憶，也
放棄隨風飄舉的訓練
寧願
反芻鄉土的軟弱

我的朋友還在監獄裡

導讀

這首〈留鳥〉，詩人寫於一九八四年鄉土文學論戰之後。詩人曾說，當時很多文學界的朋友，從文學走向政治活動，例如王拓、楊青矗，他們先後出獄。對於這些情形，詩人內心感觸良多，故寫成〈留鳥〉一詩，記錄了臺灣戒嚴時期的白色恐怖。詩中反覆出現「我的朋友還在監獄裡」，除了具有消極的反抗與不滿外，詩人曾坦言，個性上他是個沒有膽量，也沒有能力參與政治活動的人，但是非常欽佩朋友拚著性命從事各種活動，所以詩人以「留鳥」和「候鳥」互相對照。候鳥隨季節遠征，而留鳥定居不遷，以這兩種不同習性的鳥，對比爲臺灣鄉土文學打拚的作家朋友，不肯離開臺灣，堅持爲這塊土地付出的結果，就是關在監獄裡。全詩詩句淺顯口語化，反映社會現實，用詩針砭時局，意義深遠。

哀歌黑蝙蝠

向陽

1950年韓戰爆發，中華人民共和國參戰，美國意識到台灣戰略地位的重要，派遣第七艦隊巡防台灣，並宣佈台海中立化，阻止了中國攻台與蔣介石反攻的迷夢。1953年韓戰結束，東西方冷戰開始，在美國要求下，國民黨政府成立34中隊、35中隊，替美國蒐集中國軍事情報，迄1967年止。

其中34中隊因執行任務均採夜間出襲，所駕偵察機皆漆黑色，故稱「黑蝙蝠中隊」，該隊共執行任務838架次，10架飛機遭擊落或意外墜毀，殉者148人，佔全隊機員三分之二，只有14位殉難機員遺骸於1992年才被家屬尋獲，集體歸葬台灣，餘則骨骸流散中國荒山。

這首詩為「黑蝙蝠」寫，也為所有在國民黨來台之後的反共年代中殉死的將士而寫。

在茫漠的夜中我們飛翔
在淒冷的夜中我們神傷
墨色的天空適合墨色的身軀墨色的翅膀
最好戴上墨色的眼鏡
可以掩飾我們眸中之悲愴

在日與夜交替的黃昏後　我們飛翔
在生與死招呼的關口前　我們飛翔
飛向命運難卜的遠方
太陽垂落的天際焚燒著火紅的霞光
月亮升起的所在是我們夢縈的故鄉
我們飛翔　飛過黑色海峽的波浪
我們飛翔　飛向紅色中國的心臟

我們是黑色的蝙蝠
習慣在北斗七星的斗杓之下晃蕩
我們是黑色的蝙蝠
銜命進入雷達與戰機伺候的敵方
折翼是便飯是家常
斷尾是殉國是榮光

在緘默的夜色中我們拼命飛翔
在喧囂的炮火中我們捨死返航
所有儀表都左搖右晃
所有聲音都東喊西嗆
這緘默的夜色　埋藏著緘默的妻兒和悲涼
這喧囂的炮火　宣洩出喧囂的敵意與張狂

我們別無退路　除了飛翔
我們別無選擇　除了蒼茫

蝙蝠一樣我們飛向白光燦爛的天上
蝙蝠一樣我們飛向黃土暗晦的山崗
我們可以選擇　在絢爛的殉難後死亡
我們可以選擇　在愛妻的哀戚下歸葬

在茫漠的夜中　我們繼續飛翔
在淒冷的夜中　我們依舊神傷
焦黑的歷史適合焦黑的枯骨焦黑的鏡框
最好別上焦黑的想望
可以紀念我們魂魄之回鄉
在日與夜錯亂的黎明前　我們還在　飛翔

導讀

向陽有如詩壇的千手觀音，善於各種詩體材及形式的試煉。除卻多數讀者熟知的十行詩及臺語詩之外，亦有以二十四節氣寫成的《四季》以及小敘事詩。本詩以史實為據，藉由生動的口白傳達詩人堅毅卻也無奈的生命情致。此詩共計六節，每節六行，另有前言說明案由，結構勻稱而完整，敘事構成之人物、情節、動作三項條件均有所發揮。而「我們別無退路　除了飛翔／我們別無選擇　除了蒼茫」此一詩句，讀來令人格外驚心。

我知道

白萩

外邊有一座獨木橋
　　　　　　　我知道
有人正血熱地對峙
　　　　　　　他們在爭先
橋的彼端是路
　　　　　路的彼端是城鎮
　　　　　　　　　城鎮的彼端是繁華
在小小的硬殼之內
寄居著一點赤裸的靈肉
　　　　　　　　我知道
我祇是曠野上
一隻失群的蝸牛
　　　　　　讓我小歇一會兒
等他們的足聲遠了
　　　　　　再上路
堅定地走完長長的一生

導讀

白萩的作品在在提醒我們，人類總有嘲諷卑微自我與命運之神的權力吧！人類雖然有生存的權力，卻無法避免死亡的宿命，命運的安排看起來是一連串巧合與偶然的排列組合，一點都不在吾人掌握之中。然而命運之神看似強勢掌握了人類生命的無上權力，渺小的人類只能任由它擺布。白萩在一貫的冷靜與哲理式的生命思維背後，卻以一首首的詩，勇敢地向命運之神挑戰，以「小我」努力生存與追求情愛的權力向命運之神下一張張的戰帖。這首〈我知道〉就是戰書之一。

這首詩以一隻失群的蝸牛爲主角，當牠出現時，可已經到了詩的第三段。世界何其大，獨木橋上正演著爭先恐後的戲碼，橋之外是道路，道路之外連接的是城鎮，城鎮彼端是忙碌熱鬧的繁華世界。白萩在第一段運用中國文字圖像特色，將一行行的文字排列成一串接著一串的詩句，讀來彷彿有令人目不暇給的感覺。在繁華世界的橋上，卻有一隻小小的蝸牛和群體走失了，牠也許誤走進了陌生的繁華世界，可是牠仍然繼續走下去。牠告訴自己說，累了就小歇一下吧，無須埋怨命運的安排，也不必和繁華的世界爭先恐後，只要堅定自己的信念，「走完長長的一生」。這不就是對命運之神的無上權力最好的嘲諷嗎？

四方形的夢

爲「You are not alone」貼紙所寫的註腳

林德俊

從事新移民、移工服務的友人，那天遞給我一疊貼紙，每一張貼紙上頭，以越南文、泰文、印尼文、菲律賓文、柬埔寨文及英文，並陳「You are not alone」，加上一句中文「善待在台每一人」。

移動的車廂
搖晃的工寮
陰冷的宿舍
密閉的窗户
汗濕的皮夾
自動販賣機
國際電話卡

一個四方形
駛向
一個四方形
照映

一個四方形
敲打
一個四方形
翻開
一個四方形
投進
一個四方形
插入
一個四方形

途經一個廣場
一屁股坐了下來
泡麵一樣泡著那些
吸飽了鹽 長長短短的日子
躺在懶洋洋的夢境
一下子便回到
兒時奔跑的家屋

收訊不良的手提音響
忽然飄出一首熟悉的母語情歌
大夥跟著哼唱了起來
明顯地走了調
風雨過境
也趕不走

導讀

周末假日，在臺灣都會的車站、公園或教會，總會看見大批「外籍移工」聚集的身影。他們從自己的家鄉飄揚渡海，爲了更好的生活，忍受異鄉語言生活的陌生，一頭鑽進晦澀的縫隙與陰暗的牢籠，假日再從這些牢籠中鑽出，四面八方而來，一起接受同鄉遊人的關懷，久違陽光和笑語的洗禮，即便只是短短一個上午或下午。他們其實早已成爲這座島嶼的生存命脈，只有假日能向這塊土地，租一塊虛擬的家鄉，來這裡與友人見面聊天，「躺在懶洋洋的夢境」，哼唱著走了調的母語情歌。然而，很快地他們在傍晚時分又將向四面八方散去，留下一個方方正正的、規規矩矩的四方形廣場，一如他們還未向這塊土地商借一席之地前。本詩沒刻意押韻，但重複結構利於朗讀，目前已翻譯成東南亞多國語言，詩人說，如此是爲了替未來展演做預備。

土製炸彈

鴻鴻

驅除紅番
建立美利堅

驅除猶太人
建立德意志

驅除巴勒斯坦人
建立以色列

驅除韃虜
建立中華

驅除所有雜質
才能提煉一首純淨的詩

那些不合韻腳的字
那些詩意薄弱的詞

那些文字的屍堆
那些文字的難民營

那些文字的游擊隊
那些文字的反抗軍

一個孤兒敲碎奶瓶
做土製炸彈

導讀

不同以往，〈土製炸彈〉充滿政治、社會的議題，詩人拋開遊戲性格以及追求自由意志的貫徹，並且大聲說：「這是詩與世界正面相對的一刻，我等著看誰被誰改變。」對鴻鴻而言，在〈土製炸彈〉之前去寫抒情詩是尋找自己的過程。從「不再妄想詩能納進世界的一切脈絡——即使納得進又如何？我退而希望詩能被納得進世界的脈絡之中。」他開始認為「遊戲只能贏得個人自由，更多人的自由則需要戰鬥」，那些過往在詩裡避免去碰觸的論題，鴻鴻已經樂於表達他們，因為要換取多數人的自由，而非個人自由，際此，戰亂、政治、種族問題都能入詩。鴻鴻在受媒體訪問時表明：「傳單都比一首不知所云的詩來得有力量。」他懷疑詩的社會功能與存在的價值，可是越懷疑，他越想證明自己懷疑的眞實與否，《土製炸彈》詩集也就因應而生。這本詩集分「伊斯蘭花頭巾」、「反美詩」、「孩子與詩行」、「無頭騎士之歌」四輯，鴻鴻以〈土製炸彈〉為序詩。

這首詩句子都很短，而且大多利用平行句構寫成，讀起來其實十分單調。奶瓶和炸彈二組意象，分別呈現出滋養新生和武力恫嚇兩種極端的情境意象。鴻鴻自謂自己是現代派「餘孽」，以詩來挑戰與造反，令讀者眼界一亮，且現在「最大的興趣就是對現實主義無止盡的追求」。對國內以往傾向寫實主義色彩的詩作，鴻鴻並不感到滿意，他正在思索一種皆能兼顧現代技巧與寫實精神的創作方法，欲令更多的文學愛好者欣賞，同時又可以對現實直接發出陳述。

流亡

鴻鴻

我住在別人家裡
呼吸別人的空氣
穿別人的衣服
讀別人寫的書
寫別人出的試卷
走別人開的路

別人給我錢花
別人走進來翻我的抽屜
我分享別人的愛
我信仰別人的神
在選舉日
我投票給別人

是誰在保護我
是誰在評判我
是誰在我的夢裡

用別人的語言清洗我

我就是別人
不然
每個人都是我
在別人的喧譁聲中
在別人的垃圾堆裡
用分明是別人的腦袋
思索著自己的問題

導讀

鴻鴻體認到詩的自由，事實上是為他人求取更大的自由，他的政治書寫，一大特色是在環境場域中對照著臺灣當下的現實場景，以行旅的「高加索」、「庫德族」、「特洛伊」和「龐畢度」展現出國際間的地景樣貌，當然是二十一世紀因交通便利所帶來的書寫視野。在政治書寫的場域中，我們發覺鴻鴻與前輩詩人林亨泰有一條共同的寫作軌跡，那就是由現代主義到寫實主義的發展歷程中，兩人皆不輕忽形式的開創與實驗，在為人生而藝術或為藝術而藝術的領域中，他們都能夠涵容兩造之間的利弊長短，取是捨非，成就政治詩學另一種兼容並蓄的層面。透過他者的「別人」與主體的「我」對位，有別於傳統寫實寫手藉物抒情的手法，顯然鴻鴻的努力在作品中實踐表現主義者以論辯入詩的話語議諷。鴻鴻一反多數寫實主義者以「寫實心態與即物手法的傳統寫詩」，努力營造新的詩形式，確實得到些許回響。余光中認為〈流亡〉「此詩富有多元的思想，是對人類社會的批判」，這是寫實詩作在形式美學上前進的一小步，足令許多寫實主義者足以躬身自省的議題。他以現代派的技巧為表現手段，內容則追求寫實精神的人文關懷，兩者兼熔於一爐，其實並不衝突。

老婦

白靈

沙灘上浪花來回印刷了半世紀

那條船再不曾踩上來

斷槳一般成了大海的野餐

老婦人坐在門前，眼裏有一張帆

日日糾纏著遠方

導讀

白靈在《煙火與噴泉》一書中曾提倡「藝術導向的多元化」（頁126），認爲「個人會因時代的變動、環境的殊異、藝術修養、政治理念、社會意識的變化而有不同的關懷」，因而分爲㈠地域意識的藝術導向：個人自我與社會民族的交集；㈡純粹經驗的藝術導向：個人自我與天地宇宙的交集；㈢人道主義的藝術導向：天地宇宙與社會民族的交集；㈣現實與理想的藝術導向：自我、天地宇宙及社會民族的交集。白靈不但在詩論中提及藝術創作的不同關懷，其在詩創作上亦不時實踐著自己的多元關懷，不論是強調人類與自然的衝突、悲天憫人的藝術關懷或是現實與理想的相互辯證，都能深刻撼動人心。這篇〈老婦〉雖然只是短短五行，詩人卻能以緊湊紮實的節奏將敘事主軸展開，時空縱橫，古往今來，一個老婦的命運如眼裡的一張風帆，從海裡來，也從海裡去，詩人的悲憫情懷含而不露，溢於言表。

卷五

詩歌人聲

提到中國文學裡的詩，習於將「詩樂不分」這句話掛在嘴邊，自《詩》十五國風始，詩樂其實指的就是民歌，「樂」指的便是樂曲，那是一種庶民藉音樂傳唱，傳播情感的方式，主要反映農民生活、政治理想與鄉野間的情思等。到了孔子的學堂之上，便以《詩》爲「六藝」課程之一，那是在「教育範疇」內形成的知識體系，於是以民間歌謠爲內容主體的《詩》便成爲「詩教」。有了儒教的邏輯與整合之後，「樂」便由先民的自然情感節奏，逐漸轉向爲附屬於「詩語言」的教化功能爲尙，形成以「詩教」爲主體的「詩樂」教化。

所以，最早的「詩樂不分」並非指詩的「內在音樂性」，而是因人類習於表達情感的慾望，自然流露爲動人的「歌謠」，那「先樂後詩」的自然節奏逐漸使詩的內容具備適合傳唱的形式，或疊誦、或押韻、或合乎邏輯性的升降音韻，便自然形成了「詩樂不分」的先民歌謠形式。以今日「現代詩」發展的角度尋溯「詩歌」發展的起源，總以現在書寫習慣來剖析「詩」這個文體如何與「音樂」結合，或是「詩」是如何與歌詞「分野」爲出發點，試圖尋找「詩」與「歌」的差異性與雅俗之分。其實，《詩經．大雅．卷阿》提及「矢詩不多，維以遂歌」或是《詩經．園有桃》：「心之憂矣、我歌且謠。」其中的「歌」與「謠」，指的是「歌謠」形式，《爾雅．釋樂》解釋「謠」爲：「徒歌謂之謠。」而詩《傳》解釋「歌」爲「曲合樂曰歌，徒歌曰謠。」可見「詩言志，歌詠言」的相互應和爲自然生成的情感律動，並無雅俗之分。

而隨著讀書人逐漸仿民間樂府詩而寫古體詩，發展詩的音樂性遂漸與歌謠分離，而有內在韻律化的傾向。或是到了唐朝有了外在格律的限制，演變爲宋朝有了倚聲塡詞的音樂風氣，端看創作者是先詩而後樂，或是先樂而後詩的抒發方式了。翻開清末中國近代教育史，「詩歌」依然具有學堂知識的雅化意涵，清代最早的中國私人創辦的小學堂是光緒四年

（1878）張煥綸在上海創辦的正蒙書院小班。雖然名爲書院，實際上是一所新式學堂，從課程設置來看，除了有國文、史地、經史、時務、格致、數學等，還設有「詩歌」課程。[1]到了民國推動白話文運動之後，現代詩的發展已無古詩格律的限制，於是在不同於傳統「詩樂」與「詩教」的發展與限制下，勢必得建立屬於「現代詩」的音樂性。這不論傳承或創新，在「內在性」與「外在性」的詩樂連結之間，隨著「現代性」的時空背景之下，「詩」與「樂」的辯證關係逐漸形成極有意義的現代「互文性」。[2]

然而現代詩人眞的認爲將詩的音樂性一併思考進創作中是必要的嗎？與音樂界結合的必要性何在？「詩樂跨界」是否讓詩有了面向社會發聲的機會，因著音樂演出的方式而獲得更多呈現的媒介呢？還是認爲「音樂」是一種病毒，和音樂界的結合是否會讓現代詩「雅俗不分」，逐漸侵蝕詩意而不自知？

《詩・大序》有言：「詩者，志之所之也。在心爲志，發言爲詩。情動於中而形於言，言之不足，故嗟嘆之。嗟嘆之不足，故永歌之，永歌之不足，不知手之舞之、足之蹈之也。」一如人與人的遇合，初心最美。當閱讀美好的詩歌作品，吾人必吟詠不絕，喚起自然的韻律，詩的節奏與樂

---

1 同義詞條：清朝教育。中文百科在線http://www.zwbk.org/zh-tw/Lemma_Show/169542.aspx

2 「互文性」通常被用來指示兩個或兩個以上文本間發生的互文關係。法國當代文藝理論家克莉斯蒂娃指出：「任何文本都是引語的鑲嵌品構成的，任何文本都是對另一文本的吸收和改編。」這裡的「另一文本」，就是我們通常所說的「互文本」，可以用來指涉歷時層面上的前人或後人的文學作品，也可指共時層面上的社會歷史文本。而「吸收」和「改編」則可以在文本中通過「戲擬」、「引用」、「拼貼」等互文手法來加以確立，也可以在文本閱讀過程中，通過發揮讀者的主觀能動性或通過研究者的實證分析，互文閱讀得以實現。（王瑾著，《互文性》，桂林：廣西師範大學出版社，2005，頁1-2）

曲的節拍便自然而然地湧現，如詩如樂之生命因而更和諧。從一個人到一個時代的聲音，自然呈現在當代的文學作品之中，尤其是詩，一如《詩・大序》有言：「情發於聲。聲成文謂之音。治世之音安以樂，其政和。亂世之音怨以怒，其政乖。亡國之音哀以思，其民困。」詩的創作來自內心的聲音，成文謂之音，成調謂之曲，互爲表裡，多音交響。楊牧在《一首詩的完成》專文提及「詩的音樂性」：「古代的詩本來如此，音樂和作品的指意密切結合，外敷以從容適宜的色彩，圓融渾成，無懈可擊。」楊牧所認爲其之爲天籟和人心互生互鳴，這就是詩之音樂性的基礎。[3]

當現代詩的作品脫離音樂，沒有外在的格律或是樂音曲調密切結合，其爲詩國度裡異於散文的意象與內在音樂性就成爲創作內容的考量之一。針對詩的音樂性，瘂弦曾說：「新詩的聲調既在骨子裡」，指的就是一種內在的音樂性的講求。[4]然而有趣的是，現代詩的發展一直和音樂界有著互爲對話的關係，相對於古典詩詞與音樂的關係，反而有更多接觸的契機，不時可見現代詩人中有人跨足音樂界，大量從事歌詞的創作，如夏宇化身爲歌詞創作人李格弟或童大龍，路寒袖創作歌詞頻頻得到「最佳作詞人獎」等。或將自己的詩作與音樂家合作譜曲進行詩樂表演，如向陽、余光中、鄭愁予、顏艾琳、路寒袖等人。甚至有些音樂家將自己的歌詞創作「歌詩化」以提升歌詞的文學性，如方文山、陳綺貞、邱比等人。《文心雕龍》有言：「異音相從謂之和，同聲相應謂之韻。」當詩人的文字音韻思維與音樂人的音符思維開始碰撞，詩的內在音樂性與音樂人的樂曲聲調互爲相從，形成詩樂跨界的表演形式，這種「和」，究竟是「和諧」？還是一方征服，使另一方消退的「假性和平」呢？

3　楊牧，《一首詩的完成》（臺北：洪範，1989），頁150。

4　須文蔚：〈詩與歌不斷拌嘴——談現代詩中的音樂性〉，《文訊》，224期，頁35-38。

本來音樂即具有「穿越」和「縫合」兩種功能。[5]音樂也是一種寫作方式，可讓詩作裡看似無關的意象和字詞縫合，一如詩因爲押韻、排比等內在的音樂節奏，而將無甚相關的意象文字連在一起。當一首普通的歌詞或詩譜上一曲好聽樂章，閱聽者可能會因爲訴諸耳朵的感受，而無意間縫合了文字的殘缺空洞，也可能因爲一首相從得宜的樂曲，而將一首好詩詮釋得更加感動人心。但畢竟不論如何談論詩的「音樂性」，還是得先有主從之分，當從詩的文字談起。

語言本就存在著斷與連的兩種特性，對以語言爲唯一存在的詩而言，將產生何種「斷與連」的影響，時有深入探討的必要。[6]詩既然是一種語言文字的藝術，字義與字音便是構成這項藝術的兩大要件。所以詩人的角色，除從字義的表現遣詞造句外，另需從詩語言的「音樂性」把握，不論是形式的實驗或是轉而對語言本質尋求從口語、白話，以把握「內在音樂性」的呈現，皆以開拓出符合時代與聲音的詩路爲尚。

然而即使中國文化具備如此深厚的詩樂傳統，所謂詩的「音樂性」定義仍須嚴謹區分。我們必須承認今天提到「詩」，連帶想到「音樂」，眞能代表現代詩的「音樂性」是和古典詩的「音樂性」具有相同意義嗎？那自詩經以降，流傳三千多年的「詩的音樂性」基礎，已隨「詩」文體的書寫形式與書寫者角色的異動，也由「音樂和作品的指意密切結合」[7]的先民歌謠形式逐漸內化成爲詩作品風格的一部分。例如唐代發展興盛的「近體詩」卻在格律的規範中尋覓創作的依據，一但有了平仄對偶的限制，音

---

5 〈「詩與音樂」座談會實錄〉，余風記錄，收錄於臺灣詩學季刊編印：《臺灣詩學季刊：詩與音樂專輯》（臺北：臺灣詩學季刊，2004.6），頁92。

6 白萩，《現代詩散論》（臺北：三民，1983），頁96。

7 楊牧，《一首詩的完成》（臺北：洪範，1989），頁150。

節固定，章句不變，所謂源於天籟的「音樂性」對詩創作便失去了意義，而詩的毀壞就從人為的四聲原理開始。[8]所以自從「現代詩」以打破唐代近體詩與古典詩格律規範作為表達媒介，意思就是其「音樂性」不能再以平仄音步為創作的規範，也無須充滿對偶或類疊的詩句，而是必須發展它眞正創新的內在音樂性。既然現代詩的「音樂性」其實沒有任何規範，端視詩人的創作動能而定，有時可以充滿著詩經、楚辭般歌謠的音樂性，有時又可在反覆吟詠的情致節奏中，形成跌宕有致的內在音質。這也間接形成了中西詩人的作品無形吸引著「音樂家」紛紛為之傾倒，以詩成為其音樂創作的「繆思」之神，進而完成一首首為詩譜曲的佳作。

當不同的藝術形式與現代詩合作，甚至相互對話時，一首完足的詩作與音樂創作者如何達到「異音相從」的和諧境界呢？只是「以音樂結合詩」來加強詩的傳播性向來皆非詩與音樂結合的積極意義，對一位音樂人而言，最大的挑戰莫過於：「詩文字本身有很多同音會造成語意的誤會，如果一首詩譜曲作品能做到不必讓受者拿著詞，也能完整明白聽見曲意的話，才是眞正契合的詩譜曲作品。」[9]這對詩人而言，「是否書寫適合譜曲的詩句」，並非最初創作時會考慮的要素，可見音樂人眞正契合的詩譜曲作品，不見得就是詩人認為最佳的「眞正契合的詩譜曲作品」。如此「異音相從」的「和諧」而非「同聲相應」的「同韻」，以各自的藝術形式詮釋各自的感受，領域雖有重疊，互文中又能看見為彼此增加意涵的企圖心，其目的皆不以「消滅」對方以壯大自己為目的。詩樂只要一直進行「跨界性」書寫，不管將現代詩與流行音樂合作，或是請詩人為流行音樂填詞，在在都顯現「詩的創意空間」的無限性與局限性的辯證關係。

---

8 楊牧，《一首詩的完成》（臺北：洪範，1989），頁151-152。

9 2016/4/1由顧蕙倩透過網路提問，音樂家小實自述撰稿。

世界恬靜落來的時

向陽

世界恬靜落來的時
就是思念出聲的時
窗仔外的風陣陣地嚎
天頂的星閃閃啊熾
世界恬靜落來的時
我置醒過來的暗暝想起著你

我置睏未去的暗暝想起著你
想起咱牽手行過的小路
　　火金姑舉燈照過的田墘
　　竹林、茫霧和山埔
猶如輕聲細說的溪水
世界恬靜落來的時

導讀

詩人向陽曾說小時候的他極喜歡唱歌，創作現代詩因此非常注意音韻問題，所以詩作也常常獲音樂家的青睞，將詩譜曲加以演唱。「世界恬靜落來的時」就曾獲多位音樂家譜曲，並公開演唱。以閩南語朗誦這首詩時，音韻溫潤和諧，彷彿整個世界因爲這首詩而恬靜了下來，以音韻帶動意象，以音韻引發情思，給予讀者一場視覺與聽覺的心靈盛宴。「世界恬靜落來的時／就是思念出聲的時」，詩人說，即使窗外風聲陣陣地呼嚎，即使天空閃爍著誘人的星光，當整個世界都靜下來的時候，就是我思念你之時，那種專注使人會暫時忘卻時間的存在，一心一意想著和你有關的事，不但睡不著，還想起一起走過的路，再細微的事都記得清楚。不管是伴隨著螢火蟲走過的田邊小徑、竹林、茫霧和山丘，詩人藉由細膩的景緻將讀者帶入恬靜的情境裡，這種恬靜不是闃無人聲，而是如潺潺溪水聲，彷彿有內在的韻律，也彷彿是兩人的輕聲細語。然而，與其說是因著世界靜下來才能感受得到，還不如說是因爲內心靜了下來，專注地思念一個人，誠實面對自己的情感，整個世界也就同時安靜下來。詩人讓我們了解，原來這世界的喧囂不見得來自世界本身，當我們內心安靜下來，這世界也就輕聲細語多了。

今夜阮有一條歌

陳謙

今夜阮有一個夢
想卜對汝講坦白
今夜阮有一條歌
不知按怎唱乎汝聽
吉它輕輕來彈起
心情親像船一隻
慢慢出港作伊去
慢慢出港作伊去
無情個是汝
無緣阮個名
今夜阮有一條歌
怎樣怎樣唱乎汝聽

導讀

本詩原載一九九二年《自立晚報》本土副刊，後經林福裕老師譜曲，收錄鄉頌文化出版的「臺語藝術歌曲」當中，亦爲北美某電視臺製作爲同名節目之主題歌曲。一九八七年，臺灣解除戒嚴之後，現代詩以閩客語等作爲文本表現的風氣日盛，雖然大家不時對彼此（各流派）用字多有爭議，但仍匯聚不小的創作能量，並喚起母語書寫的流行。陳謙此詩以傾訴作爲基調，文中以船的意象爲主軸，此船介入現實與想望之間，現實的管道前路有礙，只得自顧自的獨自唱起歌曲，以一把吉他爲伴。文字樸拙且寓含深意，多情卻不致浮誇。

想飛

顧蕙倩

隨你　穿過荒原
你的腳尖劃出了天的弧線
輕盈草間　我們的窩居
你說你
想飛

遠方
棲居的島嶼
荒原深處　那月光
映照著你的雙眼
我聽見海潮
風
穿過林間
你想說的
此刻
我
都聽見

導讀

詩人楊喚說：「詩是一隻能言鳥，要能唱出心裡的聲音。」從三千多年前的《詩經》開始，詩便以歌謠的形式在不同的時空傳唱，記錄下許多感動。詩可以傳達內心最眞實的情感，像這首〈想飛〉表達的是對弟弟的思念，想著無法如願陪在對方身邊，要如何告訴對方，「我眞的愛你、在乎你？」如果親愛的人無法陪在身邊，你會不會恐懼愛會消失而沒有安全感呢？這首〈想飛〉訴說著：只要我們願意持續聆聽對方的心情，也讓對方了解自己的感受，即使不能長相依偎，依然能清楚聽見彼此的心跳和呼吸，感受無所不在的愛。

在詩中，透過「聽見」兩個字，想要傳達一種人與人的神祕連結，不見得非得將彼此的軀體綁在一起，而是能給彼此自由的空間。如詩所說的：「我聽見海潮／風／穿過林間／你想說的／此刻／我／都聽見。」即使隔著遙遠的時空，他想說的，他的喜悅與憂傷，此刻我們都願一一傾聽，都能清楚聽見。

詩可以是偷偷裝在你心裡的竊聽器，當我不在你身邊時，依然能清楚聽見你細微的心跳和呼吸。天晴時，隨你飛翔在快樂的雲端，黎明初啓前，陪你漫步在無人的荒原。即使你說：「這座城市，我開始有點厭倦。」留下了沉重的包袱，你決定飛向遠方，只爲遠離再熟悉不過的一切。即使隔著遙遠的時空，我依然能夠讀懂你晶瑩透明的雙眸，在寂寞的月光下，你想說的，你的喜悅與憂傷，此刻，我都願一一傾聽，都能清楚聽見。以一首詩，陪你乘著歌聲一起飛吧！

冬雪

顧蕙倩

冬天的第一場雪
安靜降落，你的眉間
大地正沈睡
在夢裡
夢裡的森林還是春天
總是霧總是霧
你均勻的鼻息
是熱帶的季節雨林
溪水總在歡舞，奔湧向
夏天
聽不見大地
乾涸欲裂
無法停歇的青春小鳥呀
當冬天的第一場雪
自山頭開始
依然在你身邊
擁你入眠

等待
山頭第一株春櫻

導讀

「詩是想像的語言，想像是詩的翅膀。」詩可以帶領我們飛到遙遠的國度，有時是逝去的時光，有時是不願敞開的心靈，有時甚至可以穿越生命的傷痛。〈冬雪〉正是每一個生命對未來的企盼，那是可以穿越冬天層層冰雪的信心，也是人們不假外求就能自動生長的力量，像初春萌芽的小小種子，可以穿透乾涸欲裂的大地，尋找融化冰雪的陽光。只是我們總是被生命的寒冬覆蓋而忘記自己擁有的這種超能力！在詩中，詩人透過「大地正沈睡／在夢裡／夢裡的森林還是春天」詩人想要傳達心靈世界的超越時空，當大地還在冬眠，自我療癒的修復能力隨時可以啓動，一如這首詩說的：「夢裡的森林還是春天／總是霧總是霧／你均匀的鼻息／是熱帶的季節雨林」，也許自己不懂得如何開啓修復自我的能力，如果身邊的親友能夠陪伴沈睡的心靈，喚醒我們內心積極熱情的活力，一如詩裡所言，「溪水總在歡舞，奔湧向／夏天」，親友的溫情支持，「依然在你身邊／擁你入眠」，將是喚醒生命春天的第一聲春雷，冬雪終將融化，「等待／山頭第一株春櫻」。

螢火

顧蕙倩

請你　關上世界的窗
想念某個遠方　你好嗎
我點亮　夜空閃爍星光
某個相遇時光　在前方
某一個深夜　我的歌
你輕輕哼出動人旋律像呼吸
微風輕輕吹　螢火點點
連星子都偷偷眨眼　億萬光年
我想　螢火是你的眼
星子是我的心　靠近

那天　你寫了一首歌
說著我的故事　好孤寂
你說你　螢火點燃夏季
天空遙遠冬季　太冷清
某一個深夜　你的歌
我輕輕哼出動人旋律像呼吸

微風輕輕吹　星光點點
連螢火都偷偷舞著　沒有黑夜
我要輕輕哼著　你的歌
我一字一句還試著了解你的愛
我願輕輕數著　你的節奏
你眼裡星圖畫出我的路
我願　螢火是我的眼
星子是你的
心　相偎依

導讀

詩可以只是一處美麗的風景，它隨晨昏變幻，隨四季舞動，更有趣的是，它還可以偷窺你的心事，偷偷放射出太陽或是星星的光。〈螢火〉是一首曲填詞的作品，訴說著：再微小的光，都能隨著自己的溫度，變換出不同的顏色和模樣。一如「螢火」，在深深的黑夜裡，雖然渺小微弱，卻能瞬間點亮當下的夜晚，讓思念的人不致迷路，能看見自己思念的所在。在詩中，透過「請你　關上世界的窗／想念某個遠方　你好嗎／我點亮夜空閃爍星光／某個相遇時光　在前方」，想要傳達當「想念」成爲此刻心靈的活動，「世界再大」，天空再遼遠，我們都會自然而然地讓偉大的世界退得好遠好遠，只留下自己忽明忽滅的「想念」。這時，呼吸既微小又孤寂，如一點點夏日草叢間的「螢火」，卻能因爲專心的「想念」，瞬間點亮思緒的遠方，一如這首詩所說的「微風輕輕吹　螢火點點／連星子都偷偷眨眼　億萬光年」，讓天空的藍色小星也瞬間光明了起來。也許兩個世界的距離只能靠著「想念」讓彼此連結，思念的一方最初還想著「螢火是你的眼／星子是我的心　靠近」，但是，隨著彼此的聆聽，試著哼唱對方生命的歌，一如這首詩所說的：「我要輕輕哼著你的歌／我一字一句還試著了解你的愛／我願輕輕數著　你的節奏」終將在「你眼裡星圖畫出我的路」，那舞動的螢火也就不再只是指引思念星空的使者了，而是成爲交換彼此存在的魔術師，「螢火是我的眼／星子是你的／心　相偎依」。世界再大，有時也需要關上世界的窗，專注某個鍾愛的方向，讓眼裡畫出屬於自己獨一無二的星圖。

晨霧

顧蕙倩

從不問　生命是霧還是風
隨陽光舞動　自由
不期待　每個春夏秋冬
直到遇見你　看見自我
我願　潛入寂寞隨你去夢遊
原是自由原是風只想爲你看不透
請你　推開窗扉迎風飛

隨你　隨你擱淺海角和天邊
當霧散去放棄自由　那是我
夢落時　當你
睜眼願是你的淚

天亮了　陽光走進窗口
指尖透明珠兒　那是我
想成爲　你眼底一陣風
願隨你輕輕飛　不願散落

我願　潛入寂寞隨你去夢遊
原是自由原是風只想爲你看不透
請你　推開窗扉隨風吹
隨你　隨你擱淺海角和天邊
當霧散去放棄自由那是我
夢落時　當你睜眼爲你拭去淚
迎向陽光
永恆的寂寞

導讀

「詩可以是大自然的魔術師，有時是霧，有時是晨露，有時又是你眼角的一抹清淚。爲我們洗滌夢裡的憂傷。」

這首〈晨霧〉是一首曲填詞的作品，訴說著能在不同時間呈現不同的樣貌，也許外人看不懂自己本來的模樣，惟有自己，尤其是遇到眞愛時，那無須任何僞裝或是掩飾的眞實自我，就會自然顯現無遺。

在詩中，透過「從不問　生命是霧還是風／隨陽光舞動　自由／不期待　每個春夏秋冬／直到遇見你　看見自我」，想要傳達每個「生命」內涵的形成，其實充滿著不斷成長的「進行式」，究竟生命是爲了完成「一陣霧」的模樣？還是「一陣風」的吹拂呢？其實在清晨第一道曙光穿破雲端前，那還在空氣間飄蕩的水氣並不知道自己接下來會變成什麼？那種隨意自由的生命形態，就是生命最初成長無所依傍的混沌模樣。直到遇到了一個需要爲理想付出自由，或是爲一個心愛的人發現眞正自我，必須放棄一點自由時，生命的成長便開始有了不一樣的追尋。

一如這首詩說的：「隨你　隨你擱淺海角和天邊／當霧散去放棄自由那是我／夢落時　當你／睜眼願是你的淚」，一個人的生活，可以自在自由的像一陣風一陣霧，可是一旦學會了爲他人付出，找到了眞愛時，便會願意聆聽他人悲喜，爲他人落淚，這種眞性情的展現，雖然情感上不再無拘無束得像一陣風，卻有了屬於自己眞實的感動，也有了具體的生命形貌。詩裡也這麼說了：「當霧散去放棄自由那是我／夢落時　當你睜眼爲你拭去淚／迎向陽光／永恆的寂寞」，爲了一個眞我的追尋，迎向燦爛陽光，必須犧牲一些露珠般的假象，即使換來寂寞亦在所不惜。這就是一種面對自我的「勇敢」吧！

逆思

顧蕙倩

請讓我回到那年春天，一張
平靜無波的臉
回到浮萍佈滿無根的心
回到那個不曾遇見你的
優游遊蕩的尾鰭，
只是擺盪
如鐘擺只會訴說著
時間的節拍
只有水紋的記憶，那片
不曾遇見你的透明湖心
那時整座湖面如鐘面般
前進的漣漪呀，一圈一圈
一任時光
圈住自己
直到遇見你，放棄天空
寧願掠奪每一個水紋。每一個鐘面。
讓整座湖，都收在你的

眼底，漣漪
成了你眼裡試探的風暴
那回不去的春天
那回不去的佈滿浮萍
無根的湖心

導讀

詩，不僅表現詩人的靈魂火花，也散發詩人與命運對抗時發散的花香。這首〈逆思〉訴說著：正是我們與命運迎面相遇，也因爲這樣才能面對他，挑戰他，甚至擁抱他。詩名取爲「逆」字，除了有違背時間直線前進的概念，以回溯的方式播放著生命環環相扣的神祕連結，更有與命運正面衝突才能擁抱嶄新的思維。在詩中，透過「請讓我回到那年春天，一張／平靜無波的臉」，想要傳達時間給我們的禮物往往就是改變的機會，如果不和命運迎面交手，一如這首詩說的：「如鐘擺只會訴說著／時間的節拍」，時間過了，機會失去了，依然還是無法改變的模樣！「一任時光／圈住自己」，成了時間的囚犯都不自知，「直到遇見你，放棄天空／寧願掠奪每一個水紋。每一個鐘面」，一點點的霸氣，一點點的不服輸，一點點的放棄，看看時間周而復始的鐘擺裡，可不可以激盪出不一樣的火花呢？

容許

顧蕙倩

容許我只是
最後的一片枯葉
一粒塵埃，最後
一點點空氣
背棄了天空
請原諒我
飛翔一整座島嶼的山林
枝頭上我只聽見
你的美麗

導讀

詩可以是一股叛逆的聲音，容許自己以渺小身軀飄舞成一片最美麗的枯葉！從小我們就被教導著要成爲一名「成功」人士，日日累積知識與獎狀，堆疊一層一層的階梯，努力使自己往上爬，爬到金字塔頂端成爲可以讓他人仰望羨慕，也讓自己驕傲的人。於是，我們努力讓自己考上明星學校，努力讓自己成爲傲視群雄的一棵大樹，卻往往忘了問自己，當我終於爬上了成功的雲端，究竟看到的是一片自己的夢想，還是沒有邊際的虛無？那些身後走過的足跡，我們可曾低頭好好欣賞看看呢？

這首〈容許〉訴說著：別忘了，我們是可以有權利「容許」對自己大聲地說：我願追逐自己的夢想，選擇做一片腳邊飄落的枯葉，雖然渺小，卻曾經眞眞實實地活著！這一片枯葉因爲願意勇敢地面對生命的夢想，而勇敢「背棄了天空」，願意爲著一時一刻，每個當下的美麗駐足停留！

在詩中，透過「容許我只是／最後的一片枯葉／一粒塵埃，最後／一點點空氣」，想要傳達每一個生命獨一無二的選擇，才是最眞實的生命風景。與其羨慕鳥兒飛翔的自由，不如問自己，什麼才是自己願意駐足停留的美好夢想呢？如這首詩說的「飛翔一整座島嶼的山林／枝頭上我只聽見／你的美麗」，當我們爲自己的人生努力經營，擁有一片天空才是最成功的嗎？當自己並不想要成爲一隻「大老鷹」，只想駐足在枝頭，專心地愛著一朵花，優閒地欣賞一朵花的美時，你容許自己「放棄」一些追求偉大「名聲」的努力嗎？只願堅持完成自己嗎？

祕密

顧蕙倩

胸口偷了點你的眼神
夢裡細細回味
一覺醒來　一開口歌唱
完全泄露了一整夜祕密

導讀

詩可以是一扇窗。透過詩，我們看見的不只是窗，而是從另一雙眼睛裡看到的嶄新世界。這首〈祕密〉訴說著生活裡俏皮的小小心事其實也可以如此美好，一如藏在心裡小小的「祕密」，以爲這天地之間只有自己知道，這藏在「保險箱」裡不露一點線索的小小心事，沒想到看似隱而未顯的心情，還是不經意地從生活言談裡顯現出來。

在詩中，透過「胸口偷了點你的眼神」，想要傳達暗戀一個人或是心底藏著一件夢想時，那尚未完成前與自己祕密的約定。那在心裡無法大聲告訴他人時的焦躁，雖是壓抑的，但那安靜不想訴諸言語的滋味，有點像是一個人獨享一顆甜甜草莓的百般感覺，就是一種不想說也無法說的安靜，既羞怯又喜悅之情，只容許自己在口裡安靜的嚼著，嚼著。有的「祕密」是因爲與他人的約定，有時卻是和自己的默契，就像是一棵樹的樹頭，知道「果子」還未熟透，說什麼也不能讓青澀的滋味隨便從樹頭上落下來，一定要等到時機完全成熟，才能從心裡完全釋放。

一如這首詩說的：「夢裡細細回味／一覺醒來　一開口歌唱／完全泄露了一整夜祕密」，「祕密」其實就像果香，更像美妙的歌聲，當夢裡不小心從現實的縫隙泄露出來時，那祕密其實已經偷偷竄出，躲在自己的舌尖或是眉頭，等一覺醒來，快樂或是酸澀的滋味還是會不小心泄露出來的。是否也曾為了收藏一個「祕密」，而將自己的心好好的呵護著呢？有沒有感受過藏在心底如「果香」的祕密偷偷蔓延在空氣裡的迷人滋味呢？

溫柔

顧蕙倩

向炙熱地心
慢慢靠近
我是溫柔的風
隨你輕輕飄動
花香和果實
陽光灑滿每一個
蔓生的記憶
相愛深處，大地
依然平靜

導讀

詩可以是一股溫柔的力量，讓我們堅定地相信一滴水真的可以穿石。這首〈溫柔〉訴說著即使這世界有這麼多不確定的未來，我們依然知道如何維持內在平靜的力量，以溫柔堅定的愛。在詩中，透過「向炙熱地心／慢慢靠近／我是溫柔的風／隨你輕輕飄動」想要傳達過於「炙熱」的靈魂常常容易將自己燒成灰燼，轟轟烈烈地連最後一把僅剩的柴火都燒了，什麼都沒剩下，如何照亮前方的黑暗道路呢？如果火山的熔岩在地心燃燒了幾億年，只爲了某一刻全然的噴發而出，將整片山林燃燒到寸草不生，留給大地無限的惆悵，這樣過於炙熱的愛是大地萬物所需要的嗎？無法帶給他人生命的愛，即使自己充滿熱度，最終也只留下地心噴發後的一片空洞與無窮的荒蕪。一如這首詩說的：「花香和果實／陽光灑滿每一個／蔓生的記憶」，我們能眞正能接受到的愛，應該就像我們的體溫般自然，太高會生病，太低會昏倒，那溫度必須是剛剛好的可以隨時間慢慢滋長出相愛的記憶，然後有了夏日花香的甜美，秋天到了，也有豐收的果實可以收成。詩裡也說了：「相愛深處，大地／依然平靜」，大地需要平靜，任何的地殼變動或是火山爆發都會讓居住在大地上的生靈失去生命，無家可歸。所以，「愛」雖然需要溫度，但絕對不能當作「毀滅世界」或是「毀滅自己」的藉口。眞正的愛是一陣溫柔的風，萬物隨之搖動，卻不折斷，也不燃燒成灰，只有地心深處知道，那愛的深處，依然是炙熱的源頭。

藍

吳育如

藍色是阿凡達，是天空
是在我心裡流淌沸騰的血液
是幸福的青鳥
是媽媽寂寞的身影
是愛上人的一瞬間
是
世界和平

導讀

詩可以是最初的色彩，沒有任何形體的束縛。這首〈藍〉的作者吳育如是一位目前就讀高中一年級的年輕詩人，雖然沒有出過任何一本詩集，透過〈藍〉這首詩，我們清楚地感受著詩人以「藍色」描繪出內心各種心情，以「藍色」連結各種層次的感受，細膩而自然。「藍」的色彩語言本來歸爲冷色系，卻時常代表著自由、憂鬱、和平等如詩般的想像。這首詩就是訴說著：藍色心情的各種「色票」。我們總是粗心地對待每一種顏色，以爲世界就是紅、橙、黃、綠、藍、靛、紫的世界，在詩中，詩人透過「藍色是阿凡達，是天空／是在我心裡流淌沸騰的血液」，勇敢又帥氣地連續運用了五個譬喻法裡的「隱喻」。首先以「藍色」與「阿凡達」直接連結，讓我們傳達一種充滿聯想起電影裡不停在原始森林自由來去的身影。那是自由熱血的生命形態，是天空般無邊際的自由，也是流竄身體的沸騰血液。然而小詩人在一句「是幸福的青鳥」後，帶著我們急轉直下感情的深谷，藉著「是媽媽寂寞的身影／是愛上人的一瞬間」想要傳達另一種「藍色」的心情，是憂鬱，是寂寞，是詩人敏感的心靈，能深刻看見母親的辛勞與愛上一個人的幽微情懷。一如這首詩最後說的：「是／世界和平」。我們居住在「藍色」星球，70%都是藍色的「七大洋」，即使擁有再多不同的藍色心情，也將包容在一整片沒有國族、沒有疆域限制的藍色海洋裡。而這不就是詩人在詩裡，最單純眞切的期盼嗎？

詩人簡介

尹玲

本名何尹玲，又名何金蘭，廣東大埔人，出生於越南美拖市（My Tho）。越南西貢文科大學文學學士，國立臺灣大學文學碩士及中國文學國家博士、法國巴黎第七大學文學博士。曾為淡江大學中國文學系專任教授、法文研究所及亞洲研究所教授。著有詩集《當夜綻放如花》、《一隻白鴿飛過》、《旋轉木馬》、《髮或背叛之河》、《故事故事》；專著《文學社會學》、《法國文學理論與實踐》，中譯法國小說《薩伊在地鐵上》、《法蘭西遺囑》、《不情願的證人》等與法國詩作，以及越南短篇小說、越南詩等。

白萩

本名何錦榮，臺中市人。童年困苦，逢中日戰爭與國民政府來臺之時代背景，衝擊之下完成許多以市井小民之眼，僅能旁觀，而無力改變現狀的冷冽之作。十八歲以〈羅盤〉獲得中國文藝協會第一屆新詩獎，三年後出版了第一本詩集《蛾之死》。在初踏詩領域到詩集問世，白萩總共寫了四、五百首詩作，創作力之強確實令人瞠乎其後。他的詩作獨樹一幟，自成天地，詩人林燿德曾說：「白萩是一個集大成者，也是一個開拓者。」白萩早年詩風積極奮發勇往直前，中期的白萩詩作，開始走向現實，晚期的詩，則已是圓熟技巧的總結。白萩本身能詩也能畫，編書、編詩兩手操作，曾長時期擔任《笠》的編輯。著有詩集《蛾之死》、《風的薔薇》、《天空象徵》、《白萩詩選》、《香頌》、《詩廣場》、《風吹才感到樹的存在》、《自愛》、《觀測意象》及詩論集《現代詩散論》等多種。

白靈

本名莊祖煌，福建惠安人，曾任臺北科技大學化工系副教授、《草根詩刊》主編、耕莘青年寫作會常務理事，《臺灣詩學季刊》創辦人。白靈的詩很能掌握抽象意識的菁華，並將之具象化。注重對文明的反思、對社會的批判、對人群的關懷，其創作題材不拘，意象的精準展現是白靈詩作的特色。陳義芝說他：「白靈是意象的快槍手，中堅代名家，閱讀他的小詩要有閱讀閃電的心思。」。著有詩集《白靈．世紀詩選》、《後裔》、《大黃河》、《沒有一朵雲需要國界》、《妖怪的本事》、《臺北正在飛》、《白靈短詩選》，散文集《給夢一把梯子》、《白靈散文集》，詩論集《一首詩的誕生》、《一首詩的誘惑》、《煙火與噴泉》等，主編《中華現代文學大系（二）：詩卷》。作品曾獲中山文藝獎、國家文藝獎等十餘項。

向陽

本名林淇瀁，南投人，中國文化大學東方語文學系日文組畢業、美國愛荷華大學International Writing Program（國際寫作計畫）邀訪作家、文化大學新聞研究所碩士、政治大學新聞系博士。以詩聞名，兼及散文、兒童文學及文化評論、政治評論。是詩人、評論家，也是資深媒體人、學者。曾任《自立晚報》副刊主編、《自立晚報》、《自立早報》總編輯、《自立早報》總主筆、《自立晚報》副社長兼總主筆，目前任教於國立臺北教育大學臺灣文化研究所並兼任該校圖書館館長。著有詩集《十行集》、《亂》、《心事》等；散文集《世界靜寂下來的時候》、《一個年輕爸爸的心事》、《我們其實不需要住所》等，另有兒童文學集和學術論著。曾獲《詩潮》創刊紀念獎、全國優秀青年詩人獎、吳濁流新詩獎、時報文學獎敘事詩優等獎、青年文學獎、國家文藝獎、美國愛荷華大學榮譽作家、南投縣玉山文學獎文學貢獻獎、榮後臺灣詩人獎、臺灣文學獎新詩金典獎、金曲獎傳統藝術類最佳作詞人獎等。

吳育如

吳育如，目前就讀花蓮高商資料處理科，詩作曾獲小老鷹樂園主唱小實青睞，並譜曲公開演唱。

李進文

高雄人。現任《聯合文學》出版社總編輯、《創世紀》詩社主編；曾任記者、明日工作室副總經理。著有詩集《一枚西班牙錢幣的自助旅行》、《不可能；可能》、《長得像夏卡爾的光》、《除了野薑花，沒人在家》、《靜到突然》、《雨天脫隊的點點滴滴》；散文集《蘋果香的眼睛》、《如果MSN是詩，E-mail是散文》；圖文詩集《油菜花寫信》、動畫童詩繪本《騎鵝歷險記》及《字然課》、美術詩集《詩與藝的邂逅》；編有《Dear Epoch——創世紀詩選1994～2004》等。曾獲時報文學獎、聯合報文學獎、中央日報文學獎、臺北文學獎、臺灣文學獎、吳濁流文學獎、林榮三文學獎、2006年度詩人獎、文化部數位金鼎獎、入選九歌版《臺灣文學30年菁英選》之新詩30家等。

李魁賢

臺北市人。臺北工專畢業，英國劍橋國際文學學術院院士，國際大學榮譽化學哲學博士。曾任臺灣筆會會長、發明天地雜誌社社長、笠詩刊及臺灣文藝社務委員、臺灣北社副社長、國家文化藝術基金會董事長。作品以詩為主，兼及散文、評論、翻譯。曾獲吳濁流新詩獎（1975年）、英國國際詩人學會傑出詩人獎（1976年）、巫永福評論獎（1986年）、笠詩評論獎、國際詩人協會「千禧年詩人獎」（2001年）、行政院文化獎（2001年）、賴和文學獎（2001年）、第24屆鹽分地帶文藝營「臺灣新文學貢獻獎」（2002年）。吳三連獎（2004年）等獎項，並由印度詩人學會提名二○○二年諾貝爾文學獎候選人。著有詩集《赤裸的玫瑰》、《水晶的形成》、《永久的版圖》、《黃昏的意象》、《祈禱》、《死與秋之憶》、《溫柔的美感》。文評集：《臺灣詩人作品論》、《詩的反抗》、《詩的紀念冊》等。翻譯：《審判》、《里爾克詩集1、2、3》、《里爾克傳》、《貓與老鼠》、《里爾克書信集》等。

林沈默

本名林承謨。雲林斗六人，歷任中國時報系編輯主任、採訪副主任、論壇資深主編及國家臺灣文學營、救國團文藝營、省教育廳編輯研習營、公民大學等講師，新聞界經歷二十七年。自一九七三年起投入文學創作領域，大學時代與臺北跨校際詩人合辦《漢廣詩刊》，晚近加盟《臺文戰線》詩社，四十年來創作不斷，作品以詩、中篇小說、短篇小說、童詩童話為主，曾獲臺灣文藝、吳濁流小說獎、中華文學敘述詩獎、全國優秀青年詩人獎。重要著作有：《白烏鴉》、《火山年代》、《紅塵野渡》、《臺灣囡仔詩》、《林沈默臺語詩選》及小說《霞落大地》等。九○年代，為開發多元雙語教材，曾以現代作家身分，率先投入臺語童詩創作行列，獨創「臺灣囡仔詩」書寫，並走遍臺灣309鄉鎮市，寫就臺語三字經「唸故鄉——臺灣地方唸謠（全四冊）」，風格詼諧創新，突破傳統窠臼，被媒體記者、書評家譽為「臺語文學的新高山」。

林達陽

高雄中學畢業，輔仁大學法律學士，國立東華大學藝術碩士。曾獲聯合報文學獎、時報文學獎、自由時報林榮三文學獎、香港青年文學獎、臺北文學獎、臺大、政大、東華、輔大等校文學獎項。大英盃排球賽亞軍。出版詩集《虛構的海》、《誤點的紙飛機》，散文集《慢情書》等書。

林德俊

又名小熊老師，熊與貓咖啡書房主人。臺灣藝術大學散文及新詩課程講師，靜宜大學寫作工坊指導老師。曾任職聯合報副刊組，主編繽紛版。長年為國語日報、聯合報、幼獅少年、幼獅文藝、明道文藝撰寫論評、教育專欄。獲五四文藝獎、林榮三文學獎、帝門藝評獎等。著有《刪除的郵件》（簡體）、《遊戲把詩搞大了》、《玩詩練功房》、《愛上寫作的11種方法》等書。編有《愛的圓舞曲——聯副60個最動人的故事》等書。策劃寶藏巖國際藝術村「詩引子」裝置展、飲冰室茶集「曖昧三行詩」徵稿、「光之詩」文學點燈展（與點燈文化基金會、聯合副刊合作）、阿罩霧文學節等活動。目前於家鄉從事在地文藝復興及友善土地的社區行動。

張芳慈

臺中東勢人，新竹教育大學美勞教育系碩士，歷年來詩作散見於年度文學選和各家編選專輯，也應邀國內外交流發表，作品廣譯有英、日、印、蒙和土耳其文等。出版詩集《越軌》、《紅色漩渦》、《天光日》、《李澤藩繪畫空間之研究》。曾獲1991、1992年獲吳濁流新詩獎，2000年獲第九屆陳秀喜詩獎，2009年獲教育部推展本土語言個人貢獻獎，2012年獲榮後臺灣詩人獎。

陳克華

臺灣花蓮人，臺北醫學院畢業，美國哈佛醫學院博士後研究員。曾參與「北極星詩社」，並曾任《現代詩》主編。榮總眼科主治醫師；陽明大學、輔仁大學，臺北醫學大學副教授。曾獲中國時報新詩獎、聯合報文學獎詩獎、全國學生文學獎、金鼎獎最佳歌詞獎、中國時報青年百傑獎、陽光詩獎、中國新詩學會「年度傑出詩人獎」、文薈獎等獎項。文字出版有詩集，小說集，散文集等近四十冊，有聲出版則有「凝視（陳克華詩歌吟唱專輯）」（巨禮文化），近年更從事視覺藝術創作，舉辦多次展覽並獲獎。近年來並有日文、德文版詩集出版。

陳黎

本名陳膺文，花蓮縣人，臺灣師範大學英文系畢業。曾任花蓮花崗國中教師。現已退休，專事寫作。除文學創作之外，陳黎亦從事翻譯，積極參與花蓮的藝文活動。曾獲時報文學獎、國家文藝獎、梁實秋文學獎、聯合報文學獎、吳三連文藝獎、金鼎獎、全國優秀青年詩人獎等獎項。著有詩集《廟前》、《動物搖籃曲》、《小丑畢費的戀歌》、《親密書》、《家庭之旅》、《小宇宙》、《島嶼邊緣》、《貓對鏡》、《苦惱與自由的平均律》、《輕／慢》，散文集《人間戀歌》、《晴天書》、《彩虹的聲音》、《詠嘆調》、《偷窺大師》，音樂評介集《永恆的草莓園》等。譯有《拉丁美洲現代詩選》等十餘種。

陳謙

本名陳文成，出版文創策展人，學院作家等多元身分。佛光大學文學系博士，南華大學出版事業管理碩士。曾任臺視公司編劇，文化事業專業經理人兼總編輯（1996-2006）、中原大學景觀學系業界教師（2009-2010），現任國立臺北教育大學語創系助理教授（2013-），兼任《當代詩學》、《北教大通識學報》主編。學術專長為出版編輯學、故事行銷、臺灣當現代文學等。創作作品曾獲吳濁流文學獎，文建會臺灣文學獎，臺北文學獎等十餘項。出版有詩集《山雨欲來》（1992・前衛）、《灰藍記》（1994・桃園縣文化中心）、《臺北盆地》（1995・鴻泰初版；2002・慧明文化再版）等13部。企劃主編有《書情詩選》、《閱讀與寫作》、華成版「當代散文家」、華文網「童書舖」博揚版「民衆經典」、《臺灣一九五〇世代詩人詩選集》與《一九六〇世代詩人詩選集》集等數百種。已出版詩樂創作計三首：〈今夜阮有一條歌〉（林福裕作曲，1992）、〈菅芒花〉（洪瑞珍作曲，1993）、〈愛情〉（小實作曲，2016）。

葉莎

桃園縣龍潭鄉人，攝影者與嗜詩者。曾獲桃園縣文藝創作獎、桐花文學獎、《臺灣詩學》小詩獎，2013年獲新加坡書寫協會邀請出席國際詩人交流大會，2015年獲邀出席緬甸仰光舉行之第八屆東南亞華文詩人大會，與北美詩人中英文合輯《彼岸花開》。著有詩集《伐夢》、《人間》等。

路寒袖

本名王志誠，臺中大甲人，路寒袖為其筆名，取自杜甫的詩句「春寒翠袖薄」；「路」字，則指人生之路走不盡。大學時代與畢業後未曾間斷創作，正逢時代推進，遇見了臺語潮，成為其創作方向的重要轉折點之一。第一首臺語詩「春雨」，發表之後便被作曲家陳明章譜曲，從此，寫詩和作詞就是同步進行了，也為導演侯孝賢《戲夢人生》電影音樂帶的四首歌作詞，全部入圍去年金曲獎最佳方言歌曲作詞人獎。他為潘麗麗生活組曲專輯「畫眉」中所有的歌作詞，更是臺灣歌謠史上的創舉，詩樂、詩詞之跨界，可說在路寒袖的心中占有一席之地。現為臺中市文化局長，更致力於當地藝文之發展與提升。著有詩集《臺灣歌謠詩作》、《早，寒》、《夢的攝影機》、《春天的花蕊》、《我的父親是火車司機》等書。

德亮

本名吳德亮，兼具作家、畫家、攝影家、茶藝家等多重身分，至今已出版著作近40本。臺灣花蓮客家人，國立中興大學法律系畢業。曾獲全國優秀青年詩人獎、中國時報文學獎、臺灣茶協會傑出茶藝文化獎等。曾任《新臺灣新聞周刊》總編輯、《自由時報》綜藝版主編、超視《大腳丫遊記》節目總策劃等。

現為專業藝術家、「全方位藝術家聯盟」召集人、日本臺灣茶協會顧問、臺灣陶藝學會顧問，《人間福報》、《獨家報導》、《豐年》、《鄉間小路》以及中國大陸《茶道》等專欄作家。著有詩集：《劍的握手》、《畫室》、《月亮與劍》、《水色抒情》、《詩書茶畫》，散文集：《永遠的伯勞鳥》，繪畫文集：《臺灣畫真情》，電影原著：《國四英雄傳》等書。

鴻鴻

本名閻鴻亞，詩人、導演與藝術家。臺南人，國立藝術學院戲劇系畢業，現為國立臺北藝術大學電影系專任助理教授。曾任《現代詩》、《現在詩》與《表演藝術》主編，並曾獲時報文學獎新詩首獎、時報文學獎小說評審獎、聯合報文學獎新詩第一名、2008年度詩人獎、南瀛文學獎文學傑出獎、第36屆吳三連文藝獎文學類得獎人。曾為唐山出版社主編「當代經典劇作譯叢」。1994年創立密獵者劇團，迄今擔任約四十齣戲劇、舞蹈及歌劇之導演。2004-08年擔任臺北詩歌節之策展人，又自2011年續任迄今。2012年起擔任新北市電影節之策展人。2008年創立《衛生紙詩刊+》（第12期起刪去「詩刊」二字），2009年創立黑眼睛跨劇團。2011年起擔任「表演藝術評論台」駐站評論人。曾與楊德昌等人合著電影劇本《牯嶺街少年殺人事件》並參與演出，劇本獲得金馬獎「最佳原著劇本獎」，其電影導演作品曾獲南特影展最佳導演獎、芝加哥影展費比西獎（影評人獎）。並多次擔任金鐘獎、金馬獎、費比西獎評審團委員。

顏艾琳

臺南下營鄉人，輔仁大學歷史系畢、臺北教育大學語文創作所肄業。擔任臺北縣政府顧問、耕莘文教院顧問、韓國文學季刊《詩評》臺灣區顧問等。曾獲出版協進會頒發「出版優秀青年獎」、創世紀詩刊40週年優選詩作獎、文建會新詩創作優等獎、全國優秀詩人獎等多種獎項，並擔任重要文學獎評審與藝文課程講師、文藝活動策劃人、主持人、官方藝文活動諮詢委員等。曾任職「齊東詩舍」，致力於孕育新生代創作詩人。著有《顏艾琳的祕密口袋》、《已經》、《抽象的地圖》、《骨皮肉》、《晝月出現的時刻》、《漫畫鼻子》、《黑暗溫泉》、《跟天空玩遊戲》、《點萬物之名》、《讓詩飛揚起來》、《她方》、《林園詩畫光圈》、《微美》、《詩樂翩篇》、《A贏的地味》15本書。自二〇〇五年起以專業人士身分受聘元智、世新、清雲科大、北商大、原住民部落大學等講師，駐校跟駐地藝術家、讀書會老師，曾任豐年社總編輯、《齊東詩舍》總監。

羅任玲

臺灣師範大學國文系畢業，臺灣師範大學國文系碩士。曾任《中央日報》「文心藝坊」專刊主編、副刊中心組長，聯合報系記者。曾獲梁實秋文學獎、耕莘文學獎等獎項。著有詩集《密碼》、《逆光飛行》、《一整座海洋的靜寂》，散文集《光之留顏》，評論集《臺灣現代詩自然美學》等。

羅智成

臺大哲學系畢業，美國威斯康辛大學東亞所碩士、博士班肄業。曾經長時期參與多種媒體的經營管理，如：報紙、雜誌、電臺、電視製作、出版及通訊社等，也曾擔任過相關公職，現為文化創意事業負責人。著有詩集《畫冊》、《傾斜之書》、《寶寶之書》、《光之書》、《泥炭紀》、《擲地無聲書》、《黑色鑲金》、《夢中書房》、《夢中情人》、《夢中邊陲》、《地球之島》、《透明鳥》、《諸子之書》等，詩劇《迷宮書店》，散文或評論《亞熱帶習作》、《文明初啓》、《南方朝廷備忘錄》，攝影集《遠在咫尺：羅智成攝影之旅》。

顧蕙倩

國立臺灣師範大學國文系學士、淡江大學中文所碩士，佛光大學文學系博士。大學時期參與師大噴泉詩社以及地平線詩社。曾任《迴聲》雜誌採訪編輯、《新觀念》雜誌採訪編輯、《中央日報》副刊編輯、國立師大附中教師、薪飛詩社指導老師，現任銘傳大學應用中文系兼任助理教授、《聯合報》副刊專欄作家、《天下》雜誌特約採訪。作品曾收錄《九十二年散文選》，並曾獲師大噴泉詩獎、臺北詩人節新詩即席創作首獎、第一屆現代詩研究獎、國立臺灣文學館愛詩網現代詩獎、2014教育部特色課程特優獎、第

51屆廣播金鐘獎「單元節目獎」。

著有詩集《傾斜／人間喜劇》、《時差》、《好天氣，從不為誰停留》，散文集《漸漸消失的航道》、《幸福限時批》，漫畫劇本《追風少年》，論文集《蘇曼殊詩析論》、《臺灣現代詩的浪漫特質》、《臺灣現代詩的跨域研究》，報導文學《詩領空：典藏白萩詩／生活》等書。

陳嘉瑀

小老鷹樂團主唱兼吉他手，曾任音樂小禮堂音樂製作、迪奇創意音樂總監、各大飯店餐廳駐唱歌手、各大吉他社與音樂教室吉他指導老師，現任雙北市街頭藝人、大千廣播電台DJ、福茂唱片詞曲創作人、大禾國際傳媒旗下簽約樂團。作品〈凌晨三點〉曾收錄超2《我有我的驚嘆號》專輯；翻唱作品〈原來的自己〉收錄於《曹俊鴻的異想世界》，並曾獲全球華語創作大賽優勝、校園金曲最佳女主唱入圍、Miss Mister選秀大賽第三名伴奏吉他手、第51屆廣播金鐘獎「單元節目獎」。

獨立製作專輯作品《仲夏之呱》、《逆思》；獨立製作數位EP《夢見有一天》。

國家圖書館出版品預行編目資料

現代詩讀本／顧蕙倩，陳謙編著. 一一初版. 一一臺北市：五南，2017.03
面； 公分
ISBN 978-957-11-9024-2（平裝）
830.86　　106000113

1X9G現代文學系列

現代詩讀本

作　　者 — 顧蕙倩、陳謙
發 行 人 — 楊榮川
總 編 輯 — 王翠華
主　　編 — 黃惠娟
責任編輯 — 蔡佳伶
文字編輯 — 周雪伶
封面設計 — 陳翰陞
出 版 者 — 五南圖書出版股份有限公司
地　　址：106台北市大安區和平東路二段339號4樓
電　　話：(02)2705-5066　　傳　　真：(02)2706-6100
網　　址：http://www.wunan.com.tw
電子郵件：wunan@wunan.com.tw
劃撥帳號：19628053
戶　　名：五南圖書出版股份有限公司
法律顧問　林勝安律師事務所 林勝安律師
出版日期　2017年3月初版一刷
定　　價　新臺幣220元

凝煉知識品味閱讀